「──休憩は、お終いです」
狼が腰を使いだす。
俺はその牙とペニスに、望んで引き裂かれる獲物だ。最初のうちはいくぶん矜持を残しているが、結局身も世もなく乱れてしまう。

SHY NOVELS

交渉人は振り返る

榎田尤利

イラスト 奈良千春

CONTENTS

交渉人は振り返る

堀川正義《ほりかわまさよし》は緊張していた。

もっと正直に言えば、どきどきしていた。

正義が菊川《きくかわ》一丁目交番勤務になってから一年が経つ。パトロール、道案内、遺失物手続きにはすっかり慣れた。酔っぱらいの介抱や、散歩の途中で歩けなくなったお年寄りを背負ったことも数知れない。近隣の住民に安心して暮らしてもらいたいと、自分にできる範囲のことは進んでやってきた。おかげで少しずつ顔と名前を覚えてもらい、近所の小学生にも「セーギのおまわりさん！」などと、からかい半分に呼ばれるようになった。本当はセイギではなくマサヨシと読む。

この名前はやはり警察官だった父親がつけた。

早くに亡くなった父は、出世とは無縁の一警察官であり、交番勤務が長かった。刑事ドラマが流行《はや》っていた子供の頃、友達につい「うちのお父さんは刑事なんだ」と嘘をついてしまったことがある。すぐにばれて「ただのおまわりじゃん」と詰《なじ》られた。恥ずかしく、悔しかったので父親に「なんで刑事じゃないの」と泣いてあたり、父親は笑っていたが、鉄火な下町気質の母親に張り倒されたのを覚えている。

今は、よくわかる。

刑事がかっこよくて、交番勤務の巡査がかっこ悪いなんてことはない。どちらも同じように大切な職務だ。ただ、テレビドラマや映画のネタになりやすいかどうか、それだけの違いだ。父もきっと、自分の仕事に誇りを持っていたに違いない。

正義もまた、現在の仕事に満足している。

この一年、交番の管轄区域《かんかつくいき》で殺人などの大きな事件はない。バイクを使ったひったくりが多いのが問題で、正義もパトロールのときには充分注意していた。交通事故の死亡者も今のところはゼロだ。

「ぜ、絶対に捕まえます」

上擦った声で、正義は言った。

今までも、犯罪現場に出向いたことはある。だがほとんどはすでに犯行後の現場であり、まさしくこれから事件が起きようとするその時、最前線にいるのは初めての経験だった。

「うんうん。捕まえてくださいね」

隣で工具箱を弄《いじ》っている男が返す。正義とは対照的な、のほほんとした声だ。

正義とその男は風呂場の脱衣所にいた。洗濯機、洗面台、タオルを置く棚などに囲まれた狭い空間である。

本所署《ほんじょ》の捜査二係から連絡が入ったのは、三〇分ほど前になる。

管轄区域に住む七十二歳の女性から、振り込め詐欺《さぎ》らしき事件の通報があったという。

——もう何年も会っていない孫から、突然電話があったんですよ。ええ、十九になる男の子でね。ちゃんと名乗ったし、通ってる大学の名前も合ってました。声も似てるような気もしました。でも、なにかおかしいと思ってねえ。

七十を回っているとは思えない、はきはきとした口調で彼女は語った。孫はバイト先で高価な陶磁器を壊してしまった、社員ではないので保険に入っていない、弁償するのに二百万がすぐに必要だと、半分泣きながら訴えたそうだ。

——アルバイトに弁償させるなんて、おかしいでしょう。これは詐欺だ、と思いました。電話を切ってしまおうかとも思ったんですが、このあいだ友人がやられたばかりでね。どうにも腹が立ったんで、引っかかったふりをしたんです。

彼女は「それは大変だ。お金ならおばあちゃんがなんとかしてあげる」と話を合わせたらしい。すると、孫を騙《かた》る男は図々しくも、こう言った。

——今、振り込め詐欺とか、あるでしょう。だから銀行や郵便局から振り込むのはやめたほうがいいと思うんだ。詐欺でもなんでもないのに、うるさく言われたりするみたいだし。僕がバイク便を手配するから、その人にお金を渡して。それが一番速くて確実だから。

携帯電話で指示を与え振り込ませる手口は、警察や銀行側がかなり警戒している。犯人たちはそれを承知で、バイク便を使う手を企んだのだ。似たような格好をした仲間を訪問させるケースもあれば、本当にバイク便の業者を使う場合もある。

しかし、今回の犯人が口にしたバイク便の業者は実在しなかった。

本来ならば、捜査二係の刑事たちが出張《でば》る場面だが、たまたまほかの事件が重なっていて人手が足りず、近隣の交番にいた正義が応援要請されたわけである。

二係の刑事もふたり来ていて、居間の隣にある台所に隠れている。

「まったく、許せない奴らだ……」

正義は呟いた。男は「ホントだよねえ」と言いながら、なにやらリモコンに似た機械を壁に当てている。

「……あの。それ、なんですか?」

「これ? スタッドセンサー。壁の中の構造がわかるんです。ほら、柱のあるところじゃないと、釘《くぎ》打てないでしょう?」

男はにこやかに説明してくれた。そばに立てかけてある木材から察するに、壁に棚を取りつけようとしているらしい。だが、ワイシャツにネクタイという姿は工務店勤めには見えない。三十くらいにはなるだろうか、優しげな顔立ちと耳に心地よい声の持ち主だ。

「さゆりさんが、ここにタオルを置く棚が欲しいって言うから……そうしたら、詐欺の電話です。でも板もあるし、できれば今日中に作ってしまいたいなと」

「はあ。あなたは、ご親戚《しんせき》かなにかで?」

「いや。同僚」

「え」

「あ、違う。上司か、一応……俺のほうがよく叱られてるけど、上司だよな……」

ひとりで呟きながら、壁に赤鉛筆で印をつけている。正義にはわけがわからない。

「それにしても、振り込め詐欺は厄介ですねえ」

しみじみ言われて、正義は「あ、はい」と頷く。

「全体の件数は一時に比べ減少したのですが……それでも未《いま》だ被害は大きいです。しかも、どんどん手口が巧妙になってきています」

「そのようですね。でも、偽のバイク使ってのは、出し子を使うよりもっとリスク高そうなのになあ。さゆりさんみたいに鋭い人もいるし」

「ええ。……あの、警察関係の方ですか？」

出し子とは、銀行口座から金を引き出す担当のことを言う。正義は署内の詐欺対策講義で学んだから知っていたが、一般にそれほど浸透している言葉だろうか？

男は壁の前に立ったまま、笑みだけを正義に向けて「まさか」と答えた。ならばいったい何者なのか――正義が問おうとしたところで、バイクの音が近づいてくる。台所の刑事から、無線で『来るぞ』と連絡が入った。

了解、と答え、正義は引き戸ぎりぎりに立つ。

男もさすがに工具をしまい、邪魔にならない位置に静かに移動した。正義と目が合うと、グッと拳《こぶし》を握り、がんばれと無言のエールを送ってくれる。正義は頷き、廊下が見えるように引き戸を薄く開ける。

バイクのエンジンが止まる。緊張感が身体の中でぶわりと膨らんだ。

ピンポンと呼び出し音が鳴り、この家の主《あるじ》である邑井《むらい》さゆりさんが「はい」とインターホンで応答した。

『お待たせしました、カケアシバイク便です。荷物の引き取りに伺いました』

「ああ、はいはい。悪いんだけどね、どうにも今日は腰が痛くて……玄関は開いているから、中に入ってきてくれるかしら」

打ち合わせどおり、邑井さんが誘導する。弱々しい声の演技も堂に入っていた。たいしたご婦人だなと正義は感心しつつ、呼吸を整える。玄関の扉が開き「じゃあ、お邪魔します」と若い男の声が聞こえた。古い木造家屋の廊下が、みしりと鳴る。隙間から見えた男は、フルフェイスのヘルメットを取っていない。顔を隠すためなのは間違いない。

正義は耳を澄ませた。会話ははっきり届く。

「どうすればいいのかしら」

「あ、引き取りの品は」

「その前に、なにか書類とか書かないの？」

「あ、はい、ええと……」

どうやらまだ仕事に慣れていない様子だ。ガサゴソとなにかを探るような音がしたあと「ここにサインをお願いします」と言う。しばらくして、邑井さんの「はい」という声がした。サインを入れて書類を返したのだろう。

「じゃ、くれぐれもよろしくねえ。二百万は大金だから」

「はい。お預かりします」

確保する——と無線が入る。男が現金を受け取ったのだ。

正義は廊下に出て、退路を塞いだ。居間では突然現れた刑事に、ヘルメット男が動転していた。

「な、な、なに……なんだよっ」

「おとなしくしなさい！　ヘルメットを取……うっ！」

「おいっ、待て！」

男は闇雲《やみくも》に暴れだした。格闘技の心得でもあるのか、予想外の強さだ。柔道黒帯の刑事を蹴り飛ばし、もうひとりの腹に拳《こぶし》をめり込ませる。その腕力に、刑事ふたりは声もなく倒れ、なかなか立ち上がれない。

その隙に犯人は駆けだした。正義に向かって、猪突猛進の勢いで走ってくる。殺気立っているうえに、かなりの大柄である。一八〇センチ以上ありそうだし、ライダースジャケットに包まれた体格はアメフト選手のようにがっちりしていた。

恐ろしかった。

それでも正義は震える膝で踏ん張ろうとした。犯人を家から出してはならない。「止まれ！」と叫んだ。だがいくら声を張ったところで、小柄な正義ではたいした防波堤になるはずもなく、簡単に突き飛ばされてしまった。廊下で強《したた》かに尻を打つ。男は玄関を飛び出していく。

呻《うめ》きつつも、ふたりの刑事が立ち上がった。ひとりは応援を要請し、もうひとりは腹を庇いながらなんとか走りだす。

それより早く外に出たのは、棚を作っていた優男《やさおとこ》だ。

正義が尻をさすりながら道路に出てみると、果敢にも犯人を追っている。女物のサンダル履《ば》きなのは、自分の靴《くつ》を履く暇がなかったからだろう。犯人のほうは裸足《はだし》だ。必死に逃げてはいるが、あまり足は速くない。

「待てッ！」

鋭く優男が叫んだ。その直後、「おわわわわ」と続く。サンダルが小さすぎて躓《つまず》きそうなのだ。あと少しで追いつくのにと正義が思った瞬間——優男は飛んだ。

華麗な跳躍を見せた……わけではない。

どちらかといえば、蹴躓いた勢いでジャンプせざるをえない状況だった。でもとにかく飛んだ。そして犯人のことをがっしり摑んだ。捕まえたというより、摑まったのほうが正しいだろう。目の前に犯人がいなかったら、顔から転んでいたはずだ。

「か、か、確保ー！」

一緒くたに道路に転がり、優男が叫ぶ。

犯人はまだ逃げようと激しく踠《もが》いている。優男はげしげしと蹴られながらも、必死にしがみついている。

早く助けなければと正義も走りだしたとき、三人の通行人が姿を見せた。路上にひっくり返ってじたばたしているふたりを見て、びっくりした三人は……ちょっと特殊な人々だった。

ひとりは着流しに雪駄《せった》履き。ほかのふたりはスウェットの上下。

三人ともに共通しているのは、軽く百キロオーバーであろう身体と、鬢《びん》に結った頭だ。

「え。芽吹《めぶき》さん？」

「ホントだ。こんなとこで稽古《けいこ》スか？」

「決まり手は……送り掛け？」

三人が口々に言い、正義は初めて優男の名前を知った。芽吹、というらしい。犯人のベルトを意地でも放さない芽吹が、顔を上げて「稽古じゃないっ、緊急事態だ！」と叫ぶ。

「こいつ、詐欺の犯人！　取り押さえてくれ！」

力士たちは目を丸くした。

次の瞬間には三人同時に頷き、手にしていたコンビニの袋を放りだす。中から数種類のスナック菓子とアイスが道路へと転がり出る。正義の好きな『雪見大福モチ』もあった。

ドドドドド……と地を轟《とどろ》かせ、三人は犯人に突進した。

いくら体格のいい犯人でも、力士三人に敵うはずもない。巨大な肉まんが上から降ってくるようなものだ。あっという間に押さえ込まれ、かろうじてはみだしていた手首に、やっと追いついた刑事がすかさず手錠をかける。

「詐欺容疑の現行犯で逮捕する！」

刑事が高らかに宣言し、力士たちは犯人を潰したまま「おお、すげえ」「刑事ドラマみたい」「オレたち、お手柄じゃん」などと嬉しそうに笑った。汗ばんだ彼らは蒸したて肉まん状態で積み重なり、互いの健闘を讃《たた》え合《あ》う。

そんな中、か細い声が「ち……ちが……」と聞こえてきた。

掠《かす》れた声は、今にも肺が潰れるかというほど弱い。正義のすぐ後ろで、慌てて出てきた邑井さんが「ありゃま」と呟く。

「違う……それ、俺の手……むぎゅ…………」

悲劇である。

勇気ある民間人は手錠をかけられたうえ、犯人もろとも力士たちの下で呻いていたのだった。

1

「荒浪《あらなみ》部屋力士三人、お手柄。振り込め詐欺犯を捕まえる」

「……」

「バイク便を装った犯人を、見事『押し倒し』」

「…………」

「詐欺の電話に気づいたのは邑井《むらい》さゆりさん（72）。咄嗟《とっさ》に騙《だま》されたふりをした判断力に、本所《ほんじょ》警察署から感謝状が贈られ……」

「……キヨ。べつに音読しなくていいから」

いかん。ちょっと拗ねた声音になってしまった。

デスクの上に新聞を広げ、もそもそした声で読んでいたキヨが上目遣いに俺を見る。その後ろに立っているのはさゆりさんだ。老眼鏡を押し上げて新聞を覗き込み「あら、失礼ですねえ」と口を尖《とが》らせる。

「所長のお名前が出てないじゃないの。大活躍したのに」

こくこく、とキヨが黙ったまま頷く。

だよな。そうだよな。俺の名前だって、ちらっと書いてあってもよさそうなものだ。芽吹章《めぶきあきら》の大活躍を、少しは褒《ほ》めるべきだと思う。そりゃ警察からは感謝されたけれど、新聞記事やニュースでは、もっぱら力士たちとさゆりさんばかりが取り上げられている。まあ、ネタとしてそっちのほうがオイシイのはわかるが、俺だけ仲間はずれみたいで寂しいじゃないか。

……などと、大人げない文句を言っても始まらない。

俺は精一杯の作り笑顔で「いいんだよ」と意地を張ってみる。

「紙面には限りがあるんだから、仕方ない」

「でも、花吹雪関《はなふぶきぜき》たちに押し潰されながらも、犯人を逃がさなかったのは所長ですよ」

つくづく不本意、というようにさゆりさんが首を横に振った。

「まあ……逃がさなかったというか、動きようがなかったというか……」

あの時は本当に死ぬかと思った。呼吸すら難しく、頭の中で走馬灯が回りかけたほどだ。

「刑事さんに、手錠までかけられて」

「あれは単なる間違いだし……」

「あたしなんかより、所長に感謝状を出すべきです、警察は」

「いやいや、さゆりさんがお手柄なのは本当だもの……うっ……」

自分の椅子に座ろうとした俺は、半端《はんぱ》な姿勢で固まった。屈《かが》むと腰に痛みが走るのだ。言うまでもなく、三人の力士に乗っかられた後遺症である。

偶然にも詐欺事件の現場に遭遇したのは、一昨日《おととい》、十月最初の水曜日だった。

さゆりさんは以前から、脱衣所にちょっとした棚が欲しいと言っていた。見映《みば》えの悪い棚でもいいならと請け負い、俺は板きれを担《かつ》いでさゆりさん宅を訪ねたわけである。キヨも手伝ってくれる予定だったが、急な仕事が入って来られなくなってしまった。

まさかそこに、振り込め詐欺の電話が入るとはこれっぽっちも予想していなかった。

「あの犯人、どうなるんでしょうねえ……。身体ばかり大きくて、ヘルメットを取ったら子供みたいな顔でしたよ。親御さんは悲しむでしょうに……」

お江戸《えど》下町育ちで、人情に篤《あつ》いさゆりさんが呟く。

「彼はたぶん下《した》っ端《ぱ》だよ。もちろん、だからって許されるもんじゃないけど。振り込め詐欺の多くは組織犯罪だから、指示を出してる人間が他にいるはずだ」

「……振り込めって言われなくても、振り込め詐欺……？」

ぼそりとキヨが疑問を口にする。確かに、今回は『バイク便での回収』であり『口座に振り込め』と言われたわけではない。

「うーん。前は『オレオレ詐欺』なんて呼び方もあっただろ？　確か二〇〇四年から、オレオレも、架空請求詐欺も、還付金や融資金をネタにした詐欺も、まとめて『振り込め詐欺』って呼ぶことになったんだ。それぞれ、口座に振り込ませるという点では一致してたんだけど……バイク便や宅急便を使うケースも増えてるらしいからなあ……」

詐欺師たちは次々に新しい手口を考えだし、善良な市民から搾取《さくしゅ》を続けているのだ。

「まったく、世の中には悪い奴が……いでででで……」

一番下の引き出しを開けるのもままならない俺を見て、さゆりさんが「湿布がありますよ」と言ってくれた。ありがたく出してもらうことにする。

ここ、『芽吹ネゴオフィス』は三人きりのアットホームな事務所だ。

所長は俺、芽吹章。この秋で三十三歳になった。

かつては検事だったり弁護士だったり、コンビニでバーコードをピッとやっていたりといろいろあったが、現在は民間の交渉人として、あらゆる折衝《せっしょう》の場に出向く身の上だ。

交渉人とはなにか——そう、たとえば、アパートの隣の部屋から、毎晩「アンアンアン」と、悩ましい声が聞こえて迷惑しているとしよう。もちろん、警察に言っても相手にしてくれない。大家に訴えても、人によっては難しいだろう。自分で文句を言えばトラブルになりかねない。そんなときは『芽吹ネゴオフィス』に来てくれればいい。

俺の頭脳と口八丁を駆使し、依頼人にとって一番いい方法で、「アンアンアン」を解決してみせよう。解決困難な場合は、大家に部屋の変更か、壁の防音工事を交渉する。それでもだめならまた別の方法を模索する。決して仕事を途中で投げだしたりはしないので、ご安心を。

キヨこと美村紀宵《みむらきよい》は、まだ二十二の若さだが頼りになる相棒だ。ただし本業が別途にあるので、ここではアルバイトということになっている。

邑井さゆりさんは経理を中心とした、事務方の担当だ。算盤《そろばん》を弾く指は目にも止まらぬ速さで、領収書提出の期限を守らないと所長の俺でも厳しく叱られる。

「はい所長、湿布。フェルビナクは効くらしいですよ」

「ホント？　効いてくれるといいなあ……よっこらしょ……」

しゃんと背中の伸びたさゆりさんの横を通り、俺はよたよたと来客用のソファへと移動した。そこでキヨに湿布を貼ってもらおうと思ったのだ。痛むのはかなり下のほうなので、ご婦人に貼っていただくのは気が引ける。

キヨ、と声をかけようとしたとき、事務所の呼び鈴が鳴った。

たまたま近くにいた俺が扉を開けると、よく知った男前が立っている。へっぴり腰のまま「お、来てくれたか」と言った俺を見て、知性の溢れる額に皺《しわ》を寄せた。

「おまえに会いたいと言われれば、すぐに来るとも。それよりどうしたんだ、その格好は」

「おすもうさん三人の下敷きになって、腰を痛めた」

「……章、おまえの冗談は今ひとつ笑い所がわからない」

いや、ぜんぜん冗談じゃないし。とにかく入ってくれと、俺は七五三野《しめの》を招き入れる。

七五三野登喜男《ときお》という、漢字で書くと七文字なのにひらがなだと六文字という不思議な名前の持ち主は、十年来の友人だ。背は高く、清潔感のある男前で、グレーのブリティッシュスーツがぴしりと決まっている。

「本当に、力士の下敷きになったんだよ。ほら、この記事見てくれ」

キヨが持ってきてくれた新聞を指さすと、七五三野はそれを黙読し「おまえの名前はないぞ?」とせつない現実を言った。

「……うん。ない。ないけど、俺もいたの、この場に」

「そうです。最初に犯人に飛びかかったのは所長なんですよ」

さゆりさんがお茶を出しつつ、口添えしてくれた。

「あたしはもう、所長が車に轢《ひ》かれた蛙《かえる》みたいになっちゃったんじゃないかと、気が気じゃありませんでした」

「そうでしたか。――しかし、犯人に騙されたふりをした邑井さんの機転は素晴らしかったですね。多くの人は動転して、我を失ってしまうものです」

褒められたさゆりさんが「いえいえ、ただの年の功でね。うふふ」と頬を赤くする。お茶請けもいつものかりんとうではなく、とらやの羊羹《ようかん》だ。うちの有能な事務担当は、知的な美形に弱い。

「章、腰以外に怪我《けが》はないのか」

「ああ。あとはかすり傷だ。忙しいのに悪いな」

七五三野は優秀な弁護士として活躍中の身だ。少し前、振り込め詐欺の被害者団体の顧問になったという話を聞いていた。これもひとつの機会だし、詐欺の現状について話を聞きたいと思い、メールを送ったのが昨日のことだ。行動の早い男である。

「まったく……無茶をする奴だ。犯人を捕まえようとする勇気はたいしたものだが、その場には警察官がいたんだろう?」

「いたけど、逃げられそうだったから」

「民間人のおまえが、怪我をしてまで協力する必要はないだろう」

「身体が勝手に動いちゃったんだよ。ほら、俺って正義の味方だから」

茶化して言うと、七五三野にちょっと睨《にら》まれてしまう。

真剣に俺のことを心配してくれているのだ。それはわかるが——どうもこの男は、俺に対して過保護な傾向がある。対等な友人というよりも、弟扱いに近い感じだ。実際の年齢は、七五三野のほうがひとつ上なだけなのに。

「メールには、振り込め詐欺について話を聞きたいとあったが?」

「そうそう。最近、ますます手口が巧妙になってるんだろう?」

ああ、と七五三野は悩ましい顔をする。

「まったく悪知恵の働く輩《やから》が多くて腹が立つよ。このところ目立つのは、不況で経営難に陥《おちい》っている中小企業に、融資を取りつける約束をしてその保証金を騙し取るケースだな。お年寄りをターゲットにした、いわゆるオレオレ詐欺もなくならない。わざわざ電話口で『最近、詐欺が多いけどおばあちゃん大丈夫?』なんて聞く奴もいる」

「まさしく厚顔無恥だけど……詐欺のテクニックのひとつだな」

「そのとおりだ。そんなふうに言われると『詐欺だったら、自分から詐欺の話なんかするはずがない』とつい信用してしまう。人間というのは、想像以上に騙されやすい生き物だ。特に、自分は騙されるはずがないと思っている人ほど危ない」

「被害者はやっぱり、ある程度歳《とし》のいった人が多いのか？」

俺の質問に、七五三野は「比較的な」と答える。

「身内が事故を起こしただの、痴漢《ちかん》をしただの、そういう電話で騙すターゲットはほとんどが高齢者だが、独身男性の被害者も実は多いんだ。アダルトサイトの架空請求詐欺だとか」

「エッチなサイトを見ただろう、料金を払えってやつか」

「そうだ。身に覚えが少しでもあると、不安になるからな。それに、他人にも相談しにくい」

「うんうん。その気持ちはよくわか……」

言いかけて、七五三野の視線がチクリと刺さる。いや、べつに、俺がその手の詐欺に遭遇したわけではない。断じてない。おかしなメールがきたことはあるが、無視した。……まあ、一瞬ドキッとしたけど。俺は真面目顔を心がけ「そういう場合、被害が申告されないケースも多いよな？」と質問を振った。

「言われるままに支払って、二次被害に遭っている人も多いだろう」

高級羊羹に黒文字《くろもじ》を刺し、七五三野は「いただきます」と礼儀正しく言った。姿勢良く食べる七五三野の前で、俺は腰痛のため身体を斜めにしてお茶を飲む。

「犯行グループの組織化も進んでいる。詐欺で得た金を口座から引き出す担当を出し子と呼ぶが、この出し子を捕まえたとしても、上で指示している奴らの実体が摑めない。出し子は自分に指示を与えている人間の顔も名前も知らない場合がほとんどだ。金を渡すのも、報酬を受け取るのも外で、詐欺グループの拠点に出入りはしない」

「どんな場所が拠点になってるんだ?」

「ウィークリーマンションが多いようだな」

「だけど、ウィークリーマンションだって身分証明がないと契約できないはず——あ、そうか。飛ばしか」

七五三野は苦い顔で頷いた。つまり、ウィークリーマンションを借りる際の名義も、転売された免許証や保険証から他人の名を使うわけである。さらに、短い期間で移動を繰り返すので尻尾《しっぽ》を摑むのが難しいと、七五三野はつけ加えた。

「このあいだ捕まった詐欺グループのひとりは『騙される奴がバカなんだ』と開き直ったそうだ。さすがの僕も、その場にいたら殴りたくなっただろうな」

紳士である七五三野は怒りを抑えてそう言ったが、俺だったら殴ったかもしれない。暴力も嫌いだが、罪を犯して開き直る奴はもっと嫌いだ。言うに事欠いて『騙される奴がバカ』だと?腹立たしいにもほどがある。

七五三野がA4サイズの封筒を差し出した。

「これは近年の振り込め詐欺に関する資料だ。時間のあるときに読んでみてくれ」

「ありがとう。助かるよ」

俺が封筒を受け取ったとき、七五三野の視線がテーブルの端にある湿布の箱に移った。『フェルビナクが効くっ！』と力説しているパッケージだ。いつも思うのだが、インドメタシンとどう違うんだろう。

「それは？」

「ああ、湿布。今貼ろうかなと思ってたところで……」

「そうか。……うん、いいぞ」

「は？」

いきなり立ち上がった七五三野を見上げて、俺は口を開けた。

「湿布だ。僕が貼ってやる」

「あ。ああ……いや、でも、キヨに……」

「遠慮するな。ものついでだ。ほら、こっちで俯《うつぶ》せになるといい」

なんだかやけに張り切りだした七五三野が、三人掛けのソファを示す。まあ、キヨに貼ってもらうのも七五三野に貼ってもらうのもそう変わらない。断る理由もないので、俺は「じゃあ」と立ち上がり、スラックスのウェストからごそごそとワイシャツを出した。しばし考え、ベルトを外してフロントホックを緩める。

「んしょ……いでで……」

ソファに横たわると、七五三野が屈み込んで「どのあたりだ？」と聞く。俺は自分の手を背に回し、尾てい骨《びこつ》よりやや上を示した。

「ここらへん……」

「痣《あざ》にはなってないのか？」

「わっ、七五三野、なにすんだ」

「下ろさないと見えないし、貼れないだろう」

なにを下ろされたかは言うまでもない。スラックスごと、ニットトランクスがずりりと下げられ、俺は半ケツ状態になる。たちまち耳が熱くなった。七五三野とは研修を兼ねた温泉旅行で一緒に風呂にも入った仲だ。全裸は平気なのに、半ケツは恥ずかしい。人間って複雑だなあと思う。

「痣はできてないようだな」

「だろ。強く打ったというより、こう、腰が反ったみたいにグギッと……」

「痛かったろう。……ここか？」

湿布を置くべき位置を、七五三野が指で確認する。そこには痛みもあったが、同時にツボでもあったらしく、俺は「おうっ」とオットセイみたいな声を上げてしまった。

「すまん。痛かったか」

「い……イタ気持ちいいっていうか……」

「じゃ、このへんは？」

七五三野がまた別の場所を押した。

「くはっ」

「ここは？」

「ふぎっ」

「このあたりは？」

「んああっ……」

凝《こ》り固《かた》まった筋を解《ほぐ》すようにグリグリされると、痛覚と快感が混じっておかしな声が漏れてしまう。もういいから湿布を貼ってくれ——そう言うために俺が顔を上げると同時に「先輩、いますか」と扉を開ける音がした。

誰なのかは一発でわかり、俺の身体がぎくりと固まる。

寝そべった俺の頭は、事務所の扉と反対方向に向いている。従って入ってきた人物は見えないが、キヨの姿が視界に入った。あまり表情の変わらないキヨだが、僅《わず》かに寄せられた眉が状況の厳しさを物語っている。

ざりざりと近づいてくる足音に、俺は焦った。必死に言い訳を考えた。

もっとも、なにも悪いことはしていない。友人に湿布を貼ってもらうため、半ケツで寝そべっているだけだ。指圧されて、ちょっと変な声が出ただけだ。それだけだ。俺は清廉潔白《せいれんけっぱく》だ。

だが、七五三野の手の位置がまずい。ちょうど俺の尻の上にある。

あまりのタイミングの悪さに、俺は身体を起こすことも忘れ恐る恐る首を捻《ひね》る。

いた。

奴が……兵頭《ひょうどう》が立っている。

兵頭寿悦《じゅえつ》。真和会《しんわかい》系二次団体、周防組《すおうぐみ》若頭《がしら》である。イタリアもののスーツに身を包み、冷たいステンレスカラーの眼鏡《めがね》越しに静かな怒りが湛《たた》えられている。一歩引いた位置には、ボディガードの伯田《はくた》がにこにこと立っていた。なぜか手には立派な果物籠《くだものかご》を持っている。

「――伯田さん」

兵頭が言葉を発した。俺と七五三野を見下ろす無表情が、かえって恐ろしい。

「はい」

「銃《チャカ》持ってるか」

「すみません。今日はないです。リンゴならここに入ってますが」

「それで殴っても殺せねえ」

「なななななな、なに怖いこと言って……っ、アウッ！」

飛び起きようとした拍子《ひょうし》に、またしても腰がグギッと軋《きし》む。その衝撃に声を失うと、七五三野が「大丈夫か」と俺の腰をさする。だめだ、やめてくれ、今はまずい……そこ、腰っていうよりもう尻だし……。

てめえ、と兵頭が低い声を出した。

「それ以上その尻に触ったら、ぶっ殺すぞ」

「きみの尻じゃないんだ。関係なかろう」

「うるせえ。先輩の尻は俺のもんなんだよ」

「他人の臀部《でんぶ》に所有権を主張するのか」

「名前も書いてあるぞ。すげえ奥のほうにな」

「愚かな暴力団構成員に教えてやろう。耳なし芳一《ほういち》の教典並みに名前を書いたところで、章の身体はひとかけらだってきみのものにはならない。章の身体は章のものだ」

ヤクザの恫喝《どうかつ》くらいで怖《お》じける七五三野ではない。あくまで冷淡な対応を見せるが、どこか意固地になっているふうにも感じられるのは俺の気のせいだろうか。

「……………あきらあきらあきらって、むかつく野郎だな……」

俺の上からどいた七五三野と兵頭が睨みあう。

まずい、このままでは俺の事務所で決闘が始まりかねない。伯田の手を借り、俺はあたふたと起き上がって「待て待て待て」とふたりの間に入った。

「揉めるのはやめてくれ。俺の尻なんかどうでもいいだろう」

「どうでもいい？　先輩、よくそんなことが言えますね。俺がどんだけあんたの尻に情熱を注いでるか知ってるでしょうが。もちろん情熱以外のものも……」

ストップ！　と俺は赤面して叫んだ。

「し、尻の話はもういい！　兵頭、今日はどうしたんだ？」

「どうしたもこうしたも」

スーツの襟《えり》をピンッと張って直し、兵頭は不機嫌なままで言った。

「見舞いに来たんですよ。あんたが相撲取《すもうと》りに潰されかかったって聞いたから」

「あ……そうなの？　耳が早いな……」

俺は伯田が差し出す果物籠を受け取った。おお、メロンも入ってるぞ。

「人が心配して来てみりゃあ、あんたは俺以外の男に尻を弄《いじ》られてアンアン言ってるし……」

溜息交じりに言われ、俺は首まで赤くして「違うっ」と反論した。

「腰に湿布を貼ってもらうとこだったんだよっ」

「湿布？　そんなもの、俺に言ってくれりゃ百枚だって二百枚だって貼ってやります」

「俺はそんなに表面積はない。……とにかくだな、ふたりとも落ち着いてくれ」

七五三野は俺の要望に応じて来てくれたのだし、兵頭は見舞いだという。この場合、どっちにも「帰れ」とは言いにくい。まあ、兵頭は普段からふらりと現れるものの、お茶の一杯も飲んだらいなくなるのが常だ。今回もそうであってくれと祈るばかりである。

「ええとだな。とにかく座って……うわ、なにっ」

俺がソファに腰掛けると、両脇にふたりがぎゅむぎゅむと座る。

ソファは三人掛けだが、身体の大きな男三人では明らかに窮屈《きゅうくつ》だ。おまけにどうして俺にくっつくわけ？

「おい、きついって。あっち側にも座るとこあるだろ？」

俺が言うと、兵頭が七五三野に「てめえが行け」と要求する。七五三野は兵頭に「きみが移動すればいい」と突っぱねた。

もう、なんでこう大人げないかね、この人たちは……。仕方なく、俺がひとりで向かいに移動する。俺がいなくなった途端、ふたりはソファの両端、限界ギリギリまで離れた。とことん相性が悪いらしい。さゆりさんが兵頭にお茶を出しながら「言っておきますが、ここで乱闘騒ぎはご免ですよ」とぴしゃりと言う。わかってますよ、と兵頭が軽く肩を竦《すく》めた。

俺は、目の前に座る似て非なる男ふたりを眺めた。

体格に恵まれ、顔立ちも整い、頭も切れて、一筋縄ではいかない——そのあたりは共通しているのに、印象はかけ離れている。喩《たと》えて言うなら、同じ銀色でもステンレスカラーと燻《いぶ》し銀《ぎん》くらいイメージが違う。

章、と七五三野が口を開いた。

「はっきり聞くぞ。おまえはこの暴力団構成員とそういう関係にあるのか」

職業柄なのか、七五三野はまだるっこしい質問はしない。あまりにまともに聞かれてしまい、俺が「そういう関係？」と口籠《くちご》もると、もっと直接的に聞かれてしまう。

「肉体関係を伴う交際をしているのかと聞いてるんだ」

「やりまくってますよ。ねえ先輩？」

得意げに答えたのは兵頭だ。俺のほうはつい声が上擦ってしまう。

「や、やりまくってってほどじゃないだろうが」

「……やってはいるわけだな」

あくまで冷静に、七五三野は詰め寄る。

「ええと……その……」

「章、僕はおまえが同性愛者だろうと構わない。偏見もないし、今までどおり大切な友人だと思っている。だが、暴力団構成員とつきあうのは問題だ」

チッ、と兵頭が舌打ちをする。

「てめえ、弁護士のくせに差別する気か」

「僕は章の友人として言ってるんだ。友達がヤクザと関わって喜べるはずがないだろう」

「いや、七五三野、兵頭はヤクザ以前に、俺の行ってた高校の後輩で……」

「それでも今は暴力団の幹部だ」

七五三野の言うことはいちいちごもっともである。これが第三者の話だったら、俺の舌は滑らかに「すべての恋愛は自由である」「人間の価値はその所属団体で決まるものではない」などと論破を試みるわけだが……自分のことって、なんでこう言いにくいんだか。

それに、と七五三野は理性的な口調で続けた。

「今さっき話していた振り込め詐欺にしても、詐欺グループの頂点にいるのは暴力団の場合が多い。組織化されたプロが、シノギとして詐欺行為をしている。おまえもわかっているだろう？」

痛いところを突かれ、俺は返す言葉がない。黙ったまま兵頭を見ると、苦い顔をして七五三野を睨んだ。伯田は兵頭の背後に立ち、いくぶん困ったように微笑んでいる。

「そりゃあ極道だからな。歩くのはいつも違法すれすれの道だが、少なくとも周防組はケチな詐欺になんぞ手を出しちゃいない。ウチの組長《オヤジ》はな、テキ屋上がりで昔気質《むかしかたぎ》なんだ」

「では真和会はどうなんだ」

「あそこはでかい所帯だ。俺風情《ふぜい》が内情を知るもんか」

ふん、と七五三野は軽く鼻を鳴らす。

「知らぬふり、というわけか。章、これが現実だ。正義感の強いおまえが、ヤクザとつきあうなんて僕には認めがたい」

「――俺だって、認めがたいんだ」

俺がぼそりと言うと、兵頭の頰がピクリと引《ひ》き攣《つ》る。

「そうだろう。無理もないよ、章」

一方で七五三野の声はふわりと優しくなった。生徒を諭す教師のような目で俺を見て続ける。

「人はときに流されてしまうものだ。けれど、その流れを修正することはできるんだぞ」

「確かに、流されたのかもしれない……」

俯《うつむ》いて言《い》い淀《よど》む俺に「まだ遅くない。軌道を修正するべきだ」と七五三野は畳みかけてくる。ヤクザ者と縁を切れと主張するのは、友人として当然なのだろう。それは俺もわかる。

兵頭の強引さに流された。弱っているところをつけこまれた。

それは否定できない。できないけれど——。

「……あのな、七五三野」

顔を上げ、俺はふたりの男を見た。俺を心配する男と、その隣で苦虫を噛み潰している男。

「たぶん俺は、流されてもいいやって思ったんだよ」

「章?」

七五三野が怪訝《けげん》な顔をする。

「それが俺の隙だったんだとしたら……まんまとつけこまれた」

少し笑って、俺は続けた。兵頭は剣呑な上目遣いで、俺をじっと見ている。

「つけこまれたんだとしても、べつに腹も立たないし、これもなにかの縁なのかもしれないと思っている。実際、再会したあと、不本意ながらこいつに助けられたことは何度かあったんだ。バカと鋏《はさみ》は使いようって言うが、極道者でも俺の仕事に役立つ場合はある」

「仕事のためにこの男とつきあっていると言うのか」

七五三野の声が厳しくなった。

「そうじゃないよ。さっきも言ったけど、流されたってのが本当のとこだと思う」

「今は役に立っても、いつかおまえの足を引っ張るかもしれないぞ」

「そうだな」

「それも承知ということか」

「うん」

微笑んで頷くと、七五三野は諦観《ていかん》の滲《にじ》む溜息をついて立ち上がる。

「しかたない。おまえの頑固は昔からだ」

「悪いな、心配かけて」

七五三野を見送るため、俺も立ち上がる。兵頭はそしらぬふりで、長い脚を組み替えただけだ。

扉を開け、七五三野が振り返る。

「言っておくが、認めたわけじゃない」

「わかってるって」

「おまえには可愛い女の子が似合うはずだ」

「うん。お尻のぷりっとした女の子がな……」

なのになぜ、あんなに尻の硬い男と……自分でもよくわからない。けれど人生はたまに、理屈の通らない不思議なことが起きるもので、だからこそ面白いのかもしれない。

七五三野に再度礼を言い、階段の踊り場まで見送る。

やれやれと事務所に戻ると、兵頭がやけ食いのようにバナナを食べていた。なんでバナナ、と思ったのだが、自分の持ってきた果物籠の中から取り出したようだ。

「おい。それ、もう俺のバナナなんじゃないの？」

「バナナだのメロンだの持ってきた俺がバカでしたよ。流されただの、隙につけこまれただの……俺を目の前にして、よくあんなことが言えたもんだ」

あれ、こいつ拗ねてるよ。

うっかり可愛いなあと思ってしまった俺だが、続いて兵頭が「ショックのあまり、こいつを突っ込んでやろうかと思いました」などと食べかけのバナナを凝視して言うので、可愛いげも吹き飛んだ。

「べつに嘘は言ってないぞ」

「あんたがそう易々と流される男だとはね。つまり、俺への気持ちは一切なくて、ただ場の雰囲気でそうなっちまったってことですか」

横目でじろりと見られ、俺は言葉を探す。

「雰囲気って言うかさ……。ええとな、こう言っちゃなんだが、俺は仕事のできる男だ。仕事はきっちりやる。そのぶん私生活がちょっと頼りないというか」

「考えなしに、男に押し倒されるわけかよ」

食べ終わったバナナの皮を、ぺしりとテーブルに打ち捨てて兵頭は言う。

確かに最初は流されたのかもしれない。おまえを好きなのかはわからない、とも言った。

でも今は少しずつ違ってきてるんだぞ。おまえの存在は日々、俺の中ででかくなっているんだ
……などと言うべきなのだろうか。いや、無理。伯田もキヨもさゆりさんもいる事務所で、そんなこっ恥《ぱ》ずかしいことを語れるはずがない。すでに相当恥ずかしい状況なのに。

さてどうやって兵頭を宥《なだ》めようかと考えていると、奴がテーブルの上の書類に気がついた。七五三野が持ってきてくれた振り込め詐欺に関するレポートだ。許可も得ずに手に取り、捲《めく》りだすので「おい」と咎《とが》めると、すぐにテーブルに戻してつまらなそうに鼻息をつく。

「詐欺を捕まえるのはサツの仕事でしょうが。あんまり首を突っ込むと痛い目に遭いますよ」

「痛い目には、いつも遭ってる」

腰をさすりながら零すと「自業自得」と言われてしまった。そのへん、自覚があるのでなにも言い返せない。

兵頭は俺をじっと見ていた。何か言いたげだったが、小さな舌打ちが聞こえただけだ。

「伯田さん、行くか」

「はい」

もっとごねるかと思っていた兵頭が立ち上がる。伯田を従えて、俺の前を通って事務所を出ようとする。まあ、お見舞いも持ってきてくれたし、扉の前まで見送ることにした。

「見舞い、ありがとな」

人としてお礼はちゃんと言う俺である。兵頭の背中に声をかけると、精悍《せいかん》な顔がゆっくりと振り返った。

レンズの向こうで結構長い睫《まつげ》が揺れる。

「……複雑だぜ」

ぽつり、と兵頭は言った。

なにがどう複雑なのかわからない。俺は問おうとしたが、兵頭は大股に出ていってしまう。丁寧に頭を下げてくれる伯田につられ、俺も会釈をした。

顔を上げると、もう兵頭はいない。

階段の踊り場に、ちらりとスーツの影が見えただけだった。

2

「うっそ。兵頭《ひょうどう》さん、かわいそ」

翌日、事務所にアヤカが訪ねてきた。

俺ではなく、さゆりさんに会いに来たのだ。例の新聞記事を見て、さゆりさんチョーかっこいい！　と感激し、詳しい話を聞きたくなったらしい。残念ながら、さゆりさんはちょうど外出中、キヨも休みだったので、俺が話し相手になっている。

「なんで。どうしてかわいそうなんだよ」

「えー、芽吹《めぶき》さん、わかってないの？」

「わからん。あの『複雑だぜ』にどういう意味があるんだ？」

俺が聞くと、アヤカは「それでも交渉人？」と唇を尖《とが》らせた。今日の化粧はあまり濃くなく、ジーンズにピンクのパーカーという軽装だ。それでもやっぱり可愛らしい。さすが『メイドクラブ　にゃんこDEにゃりん』のナンバーワンである。

「それはさあ、『俺の心中は複雑だ』っていう意味なの」

「そうかなとは思ったんだけど、なんで複雑なんだ？」

「だから。そのシメノさんっていう友達に、ホントはちゃんと言ってほしかったのよ。俺は兵頭が好きなんだ、おまえが口出しすることじゃないって」

「……そうなのか？」

「そうに決まってんじゃん」

「は。ははは。……いや、それは言えないだろ」

誤魔化すように笑う俺を見て、アヤカが「情けなーい」と嘆く。

「いーい？　さっきの話を男女に置き換えるとさ、女の子がカレシのとこに遊びに行って、そこにカレシの友達がいて、その友達はふたりがエッチしてることは知ってて、なのにカレシに『この女とはつきあわないほうがいい』って言ったってシチュでしょ？」

俺は慌てて頭の中を整理する。

ええと、その場合、カレシが俺で、女の子が兵頭なのか？　なんだかぶっ飛んだ設定だが、とりあえずウンと頷いた。

「そしたら女の子としてはどうよ。ここで『俺はこいつが好きなんだから、いいんだ。おまえは口を出すな』ってきっちり言ってほしいじゃん！　でしょ？」

「う、うん……そうだな……」

なのにッ、とアヤカがぱんぱんっと自分の太腿《ふともも》を叩く。スキニージーンズに包まれた太腿は適度にむっちりしていて、気持ちがよさそうだ。

「なのに、カレシはへらへらと『いやあ、俺って流されやすいからなあ』って答えたのよ！　なによそれ！　あんたは素麺《そうめん》か！　そうそう流されてどうする！」

アヤカの勢いに、俺はつい「す、すみません」と謝ってしまった。確かにこの場合、女の子は傷つくだろう。可哀相だ。

「……でもね、可哀相なだけでもないの。どうしてかって言うと、女の子にはすごい不安もあったわけ。カレシが友達に『なに言ってんだ、俺はこの女なんかとつきあってないし、好きでもない。ただ、たまにヤッてるだけだ』って答える可能性もあったから」

「ええっ。そんなの、最低じゃないか」

「最低よね」

「……あれ。ちょっと待って。つまり、兵頭は俺がそんなことを言うと思ってたってこと？」

そうよ、とアヤカがかりんとうをポリポリ食べる。ちなみに今俺たちがいるのは接客スペースではなく、事務机の横だ。アヤカはキヨの椅子を引っ張りだして、座っている。

「だって芽吹さん、兵頭さんとデキてること、隠そうとするじゃん」

「……それはまあ……男同士だし、宣伝するようなことでもないし……」

目を泳がせた俺は、アヤカにピシリと「言い訳しない！」と叱られた。

「女の子って、そういうの傷つくんだから」

「うん………って、待てよ。兵頭は女の子じゃないぞ？」

「男でヤクザだと、傷つかないっていう保証あんの?」

問い詰められ、俺は「ありません」と答えるしかなかった。なんだか情けない。弁舌が武器の交渉人としてこのていたらくはどうだ。

「一応、つきあってるということは認めてくれている。でも、好きだというよりも成り行きだった、みたいに言われる。だからフクザツなのよ。喜べないけど、救いはあるみたいな」

なるほど、そういう心理状態か……。言われてみれば、あのときの兵頭の目は少しばかり悲しげだったようにも思える。

「アヤカちゃん、鋭いな……」

「芽吹さんが鈍いの」

「こっち方面はどうも疎《うと》くてなあ……あ、コーヒーおかわりする?」

アヤカはウンと返事をした。いやはや、女の子の色恋方面に関する洞察力はすごいもんだ。あるいは、アヤカが特別なのだろうか。俺が給湯所でコーヒーを淹《い》れていると、来訪者を告げる音がした。飛び込みの客だろうか。アヤカが「あたし出るよ」と言って、立ち上がってくれる。

「はーい、どちらさま……ん?」

客の顔を見て、アヤカが軽く首を傾《かし》げる。

見覚えのある顔らしい。接客業のプロであるアヤカは、一度でも会話を交わした人間の顔はほとんど覚えているという。一方、客もアヤカを見て「あ」と反応していた。

「あれ、ミツオさん」

そう言った俺の姿を認めると、満雄《みつお》は「ども」と頭を下げる。これは意外な来客だ。満雄と俺はホストクラブでの同僚だった。満雄が先輩で俺が新人の後輩である。まだ夏だったから二ヶ月ほど前になるだろうか、短い間だが、俺は仕事絡みでホストクラブに潜入していたのだ。

「久しぶりですね。どうぞ入ってください。今お茶を……」

「芽吹さん、あたしやるー」

アヤカが気を利《き》かせてくれたので、俺は接客スペースへと満雄を案内した。向き合って腰掛けると、満雄は「あの……彼女、ここに転職したんですか?」と聞く。

「いやいや。たまたま遊びに来てるだけ。ミツオさん、アヤカちゃんと知り合いだっけ? あ、そうか、兵頭と一緒に店に来たんだ」

「それもあるけど……あの、ミツオさんってやめましょうよ。もう芽吹さんホストじゃないんだし、俺よりずっと年上だし」

それもそうか、と俺は「じゃあ、満雄くん?」と言った。

満雄は頷き、少し笑う。笑顔になると、どこか素朴《そぼく》な印象があった。確か彼は青森《あおもり》出身で、裸一貫も同然で歌舞伎町《かぶきちょう》に飛び込んできたとオーナーから聞いたことがある。硬派系ホスト、とでもいうのだろうか。流行《はやり》の盛りヘアではなく、短く刈り込んだ茶髪である。店ではスーツ姿だったが、今はダメージデニムにスカルモチーフのシャツという、カジュアルな格好をしている。

「芽吹さんが、本当は交渉人の仕事してるって、聞いて」

「うん。あのときは黙ってて悪かったね」

「いや、それは。だって仕事だし。……で、俺、ちょっと相談っていうか……こういうのは交渉人の仕事とは関係ねえのかもしれないけど……」

躊躇《ためら》っている満雄に、俺は「話してみてくれ」と促した。もともと交渉人の仕事に厳密なカテゴライズなどない。交渉事があるのなら、すべて俺の範疇《はんちゅう》と言える。

満雄は語り始めた。ちょうど俺がバイトを辞めた頃、同郷の友人が上京してきたのだという。

「斎藤《さいとう》って奴なんです。以前の俺と同じで、東京に憧《あこが》れてホストで一旗揚げたい、みたいな」

けれど残念なことに斎藤にはホストの資質がなかった。一向に指名が取れないプレッシャーや、上下関係の厳しさに音《ね》を上げて二週間保《も》たずに『ジェリクルボーイ』を辞めてしまった。寮も出て、しばらくは満雄のところに居候《いそうろう》の身となった。

「俺もちょうど寮を出たばっかで……狭いアパートでさ。まあ一週間くらいならいいかと思ったけど、あいつ金も入れないで半月くらいいて……いや、金がないのは知ってっけど……」

なにが腹が立つって、働こうという意欲が低いのがむかついたと満雄は語る。

「こっちは肝臓をヒィヒィ言わせながら、毎晩働いてるわけじゃん？　なのに、客からちょっとしたプレゼントをもらった俺を見て『気楽でいいよな』だの『向いてりゃ、おいしい仕事じゃん』だの……何度も殴りたくなったよ」

しかし満雄は耐えた。

斎藤が根は悪い男じゃないと知っていたからだ。地元にいた頃は、ふたりでやんちゃをしていた時期もあった。斎藤は、盗んだバイクで走りだしたはいいが、翌日こっそり返しに行くような男だったのだ。

「この不況でしょ。思うような仕事がなかなか見つからなくて、クサってたんだと思うんだよね。だから、たまには気分転換させてやろうと思って、アヤカちゃんの店に遊びに行って」

ちょうどコーヒーを運んできてくれたアヤカが「でも、満雄さんはラニーを指名したんだよね～」とわざと拗ねたように言う。

「それはさ、斎藤がゼッタイにアヤカちゃんがいいって言うもんだから……」

「え、斎藤くんとアヤカちゃんも面識があったのか？」

「うん。あたし、何度かお店の子たちと『ジェリクルボーイ』に遊びに行ったから。そのときに会ってるの。サイトーくんの源氏名はユーヤ」

満雄が「本名が斎藤侑也《ゆうや》だから」と教えてくれた。

「ダチだしさ。俺としては、できる限りのことはしたんだけど……ある日、大げんかになっちまって、斎藤は俺んとこから出てったんだ。こっちもムカついてたし、知るかよって思ってたんだけど、そのあとたまたま地元の別のダチと電話して……」

斎藤の抱えている事情を、満雄は初めて知った。

斎藤の父は、地元では羽振りのいい建設会社を経営していたが、この不況で会社は倒産。ほうぼうに迷惑をかけて、とても地元にはいられなくなったらしい。両親は母方の実家を頼って、北海道に移ったそうだ。

「斎藤は通ってた私立の大学を中退して……そんで、こっちに出てきたんだ。俺、そんなこと知んねえし、さっさと田舎に帰れなんて言ったりして……」

満雄は俯き、声が尻つぼみになる。アヤカが俺の隣に座り「あれ？」と首を傾げた。

「けど、ユーヤくんこのあいだお店来たよ？　えっと、ほんの三、四日前」

「ああ、知ってる。昨日電話したら、自慢げに話してた。アヤカちゃんと店外デートできる日も近いって。けど……あいつなんか変なんだよ」

「変っていうと？」

俺の質問に、満雄は「妙に金回りがいいんだ」と答えた。そーいえばぁ、とアヤカが顎《あご》に人差し指を当てて思い出す。

「このあいだも、ウチのお店で一番高い、『姫いじり殿いじられ特別ゴールデンコース』だったなあ。それに、あたしにすっごい高級チョコレート持ってきてくれた」

そのいじりいじられはいったいどんなコースなのか、ものすごく気になった俺だが、顔には出さなかった。……出なかったはずだ。ちょっと自信がない。

「斎藤くんは、なにかいい仕事を見つけたのかな」

「俺もそれを聞いたんだけど……なんかはぐらかされてばっかりで。そのわりに、自分のリッチぶりは見せつけたがるんスよ」

つい最近「飯でもどうよ」と誘われて、会ったそうだ。ブランドもののスーツに、高い時計を嵌《は》めて、高級焼き肉を奢《おご》ってくれたという。

「おまえには世話になったからな、とか言ってたけど……ありゃ、金持ってる自分を見せたかっただけだと思う。けど、俺んとこから出てって、まだ一ヶ月ってとこだぜ？　そんな突然金持ちになんのって、おかしいよなあ？」

「んー、お金持ちマダムのヒモになったとか……でもー、ユーヤくん、べつにかっこよくないし、ちょっと早いしねえ」

そうか早いのか……いや、そんなことじゃなくて。確かに、このあいだまで住む場所すらなかった若者が、突然大金を得るのは不自然だ。

「あいつ……ヤバイことに関わってんじゃないかな……」

眉を曇らせて満雄が呟く。ヤバイこととは、つまり犯罪という意味だろう。俺はまず「そう決めつけるには、まだ早いよ」と笑顔を作った。依頼人をリラックスさせるのも大切な仕事だ。

「なにか具体的に、ヤバそうな話を聞いたわけじゃないんだろ？」

「聞いてないけど、見ちまったんだ」

「見た？」

焼き肉屋で食事をしていたとき、斎藤は途中でトイレに立った。その日、斎藤が持っていた鞄《かばん》は、ちょうど満雄が欲しいなと思っていたブランドのもので、ちょっとだけ見せてもらおうと、椅子の上から鞄を取った。

「すげえ柔らかくて、いい革使ってんだよそのバッグ。だから……上から触っただけでも、なんか固いモンがゴロゴロ入ってんのわかってさ」

その手触りと大きさから、物体の正体はすぐ予測がついたそうだ。

「けど……そんなもん、鞄にどっさり入れてるの、変だし」

満雄は斎藤がまだ戻らないのを確認し、鞄を開けた。

中に入っていたのは、予想どおり、十個を超える携帯電話。他にも、預金通帳の束が入っていたという。

——飛ばしだ。俺は顔から笑みを消して、アヤカに退席を願った。アヤカも察したのだろう、すぐに「またね」と事務所を立ち去る。

残念ながら「心配ないと思うよ」と言える案件ではない。

ここから先は、依頼人とふたりきりでじっくり話す必要があった。

地下鉄の駅から地上へと出た俺は、とりあえず泪橋《なみだばし》交差点まで歩く。

十月中旬、晴れ。

満雄が事務所に来てから数日が経っている。

今日の俺は穿《は》き古《ふる》したジーンズに、古ぼけたジャンパーという格好だ。ブルゾンでもジャケットでもなく、どちらかというと作業着に近いジャンパー。そのほうがこの街に溶《と》け込《こ》める。かつてはドヤ街《がい》と呼ばれた、日雇い労働者などの利用する簡易宿泊施設の多い区域だ。景気悪化の打撃をもろに受け、仕事にあぶれた人たちがたむろしている姿が目につく。道の端に座り込み、眠り込んでいる男が警察官に揺り起こされている。昔に比べて路上生活者の数は減ったと聞くが、去年末の不景気からまた増えているのではないだろうか。しかも高齢者が多く、冬には凍死者すら出るというのだ。

この界隈《かいわい》で斎藤侑也を見つけられるかどうか……確率は低くないと踏んでいる。

前もって満雄に、斎藤が今日なにをしているのか遠回しに聞いてもらっていたのだが、「仕事で忙しい」と答えたそうだ。

仕事。それが問題なんだよな。職業に貴賤《きせん》がないのは当然のことだが、犯罪に手を貸す仕事はまずい。いや、それはすでに犯罪なのだ。犯罪は職業とは言えない。それは他者を傷つけ、他者から搾取《さくしゅ》し、他者の権利を踏みにじる行いだ。ルパン三世は泥棒《どろぼう》を生業《なりわい》としているが、あれはアニメの世界だから許されるのである。現実は違う。不二子《ふじこ》ちゃんだって、いないわけだし。

俺は自動販売機《ベンダー》で缶コーヒーを買って、それを飲みながらふらふらと歩き始めた。甘ったるいコーヒーを啜《すす》りながら、なんともやるせない気分になる。

いつの世にも弱者はいるものだ。そして弱者を食い物にする奴らもいる。

預金通帳を作り、その名義を売る。携帯電話を作り、その名義を売る。犯罪に利用されるとわかっていながら、数日ぶんの生活費のためにそうせざるをえない。今日食べるものにも困っている人たちに、道徳を説《と》くことなどできるはずもない。俺だって金がなくてひもじくて寒かったら、なにをしでかすかわからないと思う。

小一時間ほどうろうろしたが斎藤の姿はない。少し休憩しようと、小さな公園のベンチに腰を下ろした。日当たりがいいので野良猫が陣取っていたのだが、「ごめん。俺も座りたい」と、ちょっと横に退《ど》いてもらう。

新しい缶コーヒーを飲んでいると、バックパックを背負った外国人のグループが目の前を通り過ぎる。安価な宿泊施設が旅行者の人気となっているらしい。目が合うと、赤毛の女の子が「ハイ」と明るく挨拶《あいさつ》してくれた。彼女に向けて軽く手を振り、バックパッカーたちが通り過ぎたとき——俺は目的の人物を見つけた。

公園の隅で、五十絡みの男に話しかけている人物がいる。その横顔は、満雄に渡された写真とよく似ていた。

斎藤だ。間違いない。

黒い革ジャンに細身のデニムパンツとブーツ。きょろきょろと周囲を気にしている。俺は慌ててベンチにごろりと横たわり、寝たふりを決め込んだ。野良猫が驚いてベンチから飛び降りる。シマの野良猫は迷惑そうにぶにゃあ、と鳴いた。

距離があるので薄目には気づかれないだろう。その姿勢のまま、斎藤を観察し続ける。黒ジャンパーの男が、斎藤になにか渡す。斎藤はそれをすぐに鞄にしまい、代わりに紙幣《しへい》を手渡す。飛ばしの受け渡し現場だ。満雄の懸念は間違っていなかった。

ふたりが別れると、俺はすぐに斎藤を尾行した。

何度かは、近くでやりとりを聞ける位置も確保できた。預金通帳、携帯電話、免許証に保険証……年金手帳さえ差し出す人もいる。「やめたほうがいい」と割り込みたくなるのを何度も堪《こら》え、俺は斎藤の後ろを歩き続けた。

夕方近く、斎藤は地下鉄に乗り込んだ。

もちろん俺も同じ電車に乗る。途中でＪＲに乗り換え、新大久保《しんおおくぼ》で降りる。俺の予想では、これから斎藤は誰かと会うはずだ。集めた飛ばしを手渡すためである。

斎藤が詐欺グループの拠点まで行ってくれればとも思ったが、さすがにその考えは甘かった。待ち合わせは人通りの多い駅構内らしい。目立たないようにという配慮からだろう。俺は一定距離を置き、しぶとく見張り続ける。スポーツ新聞で自分の顔を半分隠し、斎藤と目が合わないように注意した。

斎藤がポケットに手を入れる。携帯電話を取り出し、会話を始めた。

待ち合わせの人物が近くにいるのかもしれない。俺は注意深く周囲に気を配る。

と、なにかが落ちる音がした。

缶コーヒーだ。

どこで落ちたのかはわからないが、ころころと転がってこちらに向かってくる。俺のすぐそばを高齢のご婦人が歩いていた。足元が危なっかしい。万一、ご婦人が缶を踏んで転ばないように、俺は身体を屈《かが》めてまだ熱い缶コーヒーを拾った。

身体を起こした瞬間、しまったと悔やむ。斎藤がいない。……いや、いた。見つかったが、もうさっきの位置ではない。改札に向かって歩き始めている。鞄は厚みが減っていた。

つまり、飛ばしの受け渡しはすんだのだ。

俺が缶コーヒーを拾っている数秒の間に、すべて終了してしまった。

やられた……まんまと、やられちまった。

缶コーヒーは偶然ではない。飛ばしの受け取りに来た人物は、斎藤を見張っている俺に気がついて、わざと転がしたのだ。面が割れるのを警戒するのは当然として、俺の存在に気がついたのには驚いた。もちろん俺は刑事でもなければ探偵とも違って、尾行や見張りの熟練者ではない。それでも駅という場所柄、他にも待ち合わせの人々がいて、その中に紛れていた。なぜ俺が斎藤をマークしていると気がついたのだろうか？

不審に思ったが、今は斎藤に集中すべきだ。

俺は気持ちを切り替え、再び斎藤を追って改札の中に入っていった。金を手にしてご機嫌なのか、足取りが軽くなっている。これからどこかへ遊びに行くつもりだろうか。

長い夜になりそうな予感がした。


「結論から言うと、鍋《なべ》がいいと思う」

俺が電話でそう伝えたとき、満雄は『は？　鍋？』と語尾を上げた。きょとんとする顔が目に浮かぶ声だ。

昨日、俺は斎藤侑也が飛ばしを集めている現場を見た。もはや彼が詐欺グループに荷担《かたん》していることは明白だ。そのあとも尾行を続け、深夜、斎藤が今住んでいるアパートの場所もつきとめた。その報告を満雄にすると、「なんとかやめさせたい」と真剣に言う。警察に知らせることはしたくない。また、警察に言うぞと脅《おど》すのは最終手段にしたい、できれば斎藤が自分からヤバイ仕事をやめてくれれば……友人思いのホストは俺にそう言ったのだ。ゆえに、鍋なのである。

「鍋が解決に導いてくれるんじゃないかと、俺は思ったわけだ」

『芽吹さん、意味がわかんねえよ』

「ほら、みんなで鍋つついているときって幸せだろ。それが自分の郷土鍋だったりしたら、なんかグッとくるもんあるだろ？　しかもその席にお気に入りの可愛子ちゃんがいて、その子が『あたし、真っ当な人が好き』みたいな話をすれば、人間の考えも変わるんじゃないかな、と」

『ああ、そういう……』

満雄は俺の意図を理解してくれたようだ。

『けど、そんな簡単なもんスかねえ？』

「まあ、正直に言えば簡単じゃないだろうな。でも、やってみる価値はあると思うぞ。あれから、斎藤くんの周囲を調べてみたんだが……彼、まだ友達がいないみたいだ。きみも、あれ以来会ってないって言ってただろう？」

寂しいんじゃないかと思った。

大都会東京にひとりきり、故郷にはもう帰れない。しかも金に困っている——追い詰められて、斎藤は犯罪に関わったのだろう。もちろんだからといって、飛ばしケータイを詐欺グループに卸《おろ》していいはずがない。寂しくても貧乏でも、真っ当な人はたくさんいる。

それを斎藤に思い出してほしいのだ。

友人たちと温かい鍋を囲めば、気持ちも傾くのではないだろうか。あるいはそこまでの結果が得られなくとも、満雄との友人関係がきちんと回復すれば、今後、友の言葉に耳を貸してくれる可能性も生まれてくる。

俺がそう説明すると、満雄は『そうだよな……』と納得してくれた。

『奴も、根っからの悪人ってわけじゃねえし……ひっつみ食って酒でも飲めば、昔の素直な斎藤に戻ってくれるかもしれない』

「ひっつみ？」

『ひっつみ汁。おれらの地元じゃ冬場によく食うんだけど……こう、小麦粉練《ね》ったやつを汁に入れて……こっちじゃすいとんっつーのかな？』

「ああ、すいとんね。ハイハイ」

なんでも、練った小麦粉を伸ばして、ひっ摘《つま》んでちぎり入れるところから、ひっつみ汁というらしい。

かつてはすいとんと同じく、米のないときの代用食だったが、今では具だくさんの鍋として食べられているようだ。満雄の母が八戸《はちのへ》の出身だそうで、家のひっつみにはいつもキンキが入っていたそうだ。魚の出汁《だし》がよく出て、透明で上品な汁になり、それがひっつみに染《し》み込《こ》んで……なんだか、聞いているだけで腹が減ってきた。

もちろんアヤカにも協力を仰いだ。目下、斎藤はアヤカにメロメロらしいので、彼女の存在は絶対に必要だ。アヤカは快く引き受けてくれた。

表向きは、俺の誕生祝いの集まりにした。そこでなぜ青森の郷土料理であるひっつみ汁が出るのか、よく考えると不自然だが、まあそのへんはなんとでも言い訳ができる。

　さゆりさんとキヨも参加する。人数は多いほうがいいので、智紀《とものり》も呼んでみた。相変わらず生意気な小僧で「まー、ヒマだし、行ってやってもいいけど？」などと高飛車《たかびしゃ》だ。キヨに報告すると、表情を変えないまま、目元だけを赤くして見えない尻尾《しっぽ》をぱふぱふと振る。金的《きんてき》を食らっても、お気に入りは変わらないらしい。

　かくして、芽吹ネゴオフィスにて鍋パーティーの開催とあいなった。

　満雄、斎藤、アヤカ、さゆりさんにキヨに智紀、そして俺の総勢七名だ。夕方、事務所に集合し、まずはビールで乾杯する。さゆりさんにキヨに智紀はウーロン茶だ。不服そうだったが、さゆりさんの目が光っている。誕生日おめでとう、という唱和に、危うく俺まで参加しそうになる。危ない危ない。俺の誕生日という設定だった。

　さゆりさんの支度してくれたひっつみ汁は最高だった。

　一応、一番でかい土鍋を用意したのに、中身がどんどんなくなる。

「すげえ、うまい。地元のに負けねえよ。なあ、斎藤？」

「うん。懐《なつ》かしい味だな……」

　満雄の隣で、斎藤がしみじみと手にした小鉢《こばち》を見つめている。

「やーん、美味しーい。食べすぎちゃう～」

「…………ん」

「へー。初めて食うけど、いいじゃんコレ」

アヤカははしゃぎ、キヨは黙々と食べ、智紀も気に入った様子だ。本日の鍋奉行であるさゆりさんが、お玉を片手に土鍋を覗き込んだ。

「あら、もうひっつみがなくなりそうですねえ」

「俺、小麦粉練ってこようか？」

お手伝いを申し出た俺に、さゆりさんが「所長より、智紀くんのほうが器用そう」と笑って言い、一番若い参加者を見る。褒められての指名であれは、いやだとも言いにくい。智紀は「しょうがねえなあ」と言いつつも立ち上がる。なぜかキヨも一緒になって立ち上がり、狭い給湯所はたちまち混雑した。

さあて、と俺は缶ビールを置く。酔う前に、本題に入らなければならない。

前振りはもうすんでいた。鍋をつつきながら、さゆりさんが先だって警察からもらった感謝状をみなに見せ、顛末《てんまつ》を話したのだ。「すごーいすごーい」とアヤカが無邪気に拍手をし、斎藤もそれにつられて微妙な顔をしつつも、手を叩いていた。

今日の斎藤は、気合いが入っていた。現役ホストの満雄がごくラフな格好だというのに、デザインスーツ姿だ。ネクタイはしておらず、シャツの襟元《えりもと》からはシルバーアクセが覗いている。事務所に入ってきたときには、最初にアヤカにバラの花束を渡していた。誕生日のはずの俺にはなにもなく……いや、バラもらっても困るし、そんなことはいいんだけどね。とにかく、斎藤の背後から「決めてやる今夜☆」というオーラが立ち上っていたのだ。

俺はさりげなく右耳を引っ張る。

これがアヤカへの合図だ。振り込め詐欺に対する否定的な意見を語ってくれというサインである。だがアヤカは鍋に夢中でなかなか気がついてくれない。俺は何度も耳を引っ張り、挙げ句に斎藤から、「芽吹さん、耳、どうかしたんスか」と聞かれてしまう始末である。

「いや。なんでもない……」

そこでアヤカがやっと気がつき、合図を返してくれた。折良く、さゆりさんが「ひっつみを入れるからね」と一度鍋を回収する。立ち上る湯気がなくなり、俺の目の前に座る斎藤の顔がクリアに見て取れた。

「ねえ、芽吹さん、オレオレ詐欺みたいなのって、そんなに儲《もう》かるのォ？」

新しい缶ビールをプシッ、と開けてアヤカが聞く。よしよし、作戦どおりだ。斎藤の肩が僅《わず》かに揺れたのを、俺は見逃さない。

「儲かるんだろうな。警察庁の調べだと、平成二十年度の被害総額は約二百七十五億を超えてるってんだから」

「にひゃくななじゅうごおく⁉」

驚きの声は、俺以外の三人が同時に発した。

この数字を知らなかったのだろう、芝居を打っているはずのアヤカも本気で驚き、犯罪の末端にいる斎藤まで目を見開いていた。

「なにそれ……すんごい数字……あたし、マジでムカついてきた……」

「うんうん。俺もむかつくよホント」

「あたしが毎日身体張って、それこそ腱鞘炎《けんしょうえん》になるかってほど頑張っても、なかなか目標額稼げないってのに、二百七十五億ってなによ！」

怒るアヤカの手があまりに具体的な動きをするので、男三人は互いに目を逸らしてしまう。そりゃあ腱鞘炎にもなるよなあという動きだった。あれじゃあ客はひとたまりも……いや、そんな話じゃなくて。

「……コホ……そうだよな。人が必死に働いた金や、あるいは高齢者の命を繋《つな》いでる年金を、詐欺グループは搾取してるわけだ」

「グループ？　詐欺師たちは必ずグループなの？」

ほとんどそうだな、と俺は説明する。

斎藤は居心地が悪そうに煙草《たばこ》を出し、満雄に「ここ、禁煙だって」と窘《たしな》められていた。

「いまや普通の会社並みに組織化されているらしい。マンションの一室を事務所に使って、メンバーは遅刻厳禁、一日のノルマがホワイトボードにでかでかと書いてあったり……そのへんは、グループのリーダーのやり方次第のようだ」

「ノルマって、一日に何人騙せるかっていうこと？」

アヤカの問いに、俺は「人数じゃなくて金額だろうな」と答えた。

「テレホンアポインターみたいに、ひたすら電話をかけまくって、誰かが引っかかるのを待つ。巧みに罠《わな》に嵌めて、金を振り込ませる。振り込んだ金は、別の人間が引き出す。これが出し子。それから、その金を運ぶ、運搬という役割もいる」

「じゃ、電話してる奴は外に出ないんだ？」

「出ない。危険だから」

俺は斜め向かいに座る斎藤を見た。斎藤は落ち着きをなくし、指先のささくれを気にしながら、俯いている。

「リーダーと主要メンバーは、なるべく外に出ないんだ。出し子のように、顔を見られる可能性のあるポジションはリスクが高い。そのわりに報酬は高くない……メンバーたちに比べれば、ね。だからメンバーたちは、金に困っている人間に当たりをつけて出し子を探す」

「結局、弱い立場の人間は利用されてるだけかよ……」

呟いたのは満雄だ。アヤカも頷き「ますますムカつくね」と言い添えた。

「主要メンバーになると、毎晩のように女の子侍《はべ》らせて遊び回るようになるらしいぞ。金があるから女にもてるんだろうな」

「そんなん、陰ではなに言われてるかわかんないよ。あたしたちみたいなフーゾクの子だって、ちゃんと見る目はあるんだもん」

ぷん、と可愛くむくれてアヤカが言う。

「たまにいるんだよね。札ビラ見せびらかして、本番やらせろってしつこい奴とかさあ。そういうのに限って、本人の魅力はてんでないの。外見の話じゃないよ。ハゲてたって、遊び方が綺麗で人気のお得意さんもいるしさ。中身の問題だよねー。人を騙して盗《と》ったお金で遊ぶなんて……なんつうか、かっこ悪いじゃん。いけてないよ、そんなん」

「だよな。いけてないよな。……あれ、斎藤くんどこ行くの」

席を立とうとした斎藤に声をかける。斎藤は「ちょっと……外で一服……」と言いかけたが、アヤカががばりとその腕にしがみついた。

「やーん、煙草なんかいいじゃーん。あっ、ほら、お鍋も帰ってきたよ！」

キヨが両手にミトンを嵌めて、ぐつぐつと煮え立つ土鍋を運んでくる。ほとんど空だった鍋がまた充実して戻ってきたのだ。アヤカに「食べよ食べよ」と箸を渡され、斎藤は躊躇《ため》いつつも尻を椅子に戻した。さゆりさん、キヨ、智紀の三人も席につく。

「なんの話してたんだ？」

缶ビールに手を伸ばしつつ智紀が聞く。すぐにさゆりさんに見つかって、手の甲をぴしゃりとやられていた。

「振り込め詐欺だ」

「あー、はいはい。あれもな、結局ヤー公絡んでるしなあ」

ヤクザが大嫌いな智紀が、口を曲げて言う。

その隣では、キヨが智紀のためにウーロン茶のペットボトルを手にしていた。

「ヤー公って？」

ようやく斎藤が口を開く。

智紀は自分のグラスを持ち、キヨにウーロン茶を注《つ》がせながら「だから、ヤクザだよ」となんでもない顔で言った。キヨは智紀のお世話ができて、なんだか嬉しそうだ。

「さゆりさん大活躍だったらしいけど、出し子や運搬がひとり捕まっても、なかなか親玉は挙げられないぜ。上のほうじゃ、たいがい暴力団が噛んでるからな」

「そんなこと、なんでおまえが知ってるんだ？　まだ高校生なんだろ？」

訝《いぶか》しげに聞いたのは満雄だ。もっともな疑問である。智紀は小柄で顔だちの整った高校生でちんぴらめいた服装もしないし、口さえ開かなきゃとても真面目で可愛く見える。しかし、家庭のほうにはいろいろと事情があった。

「だって俺んちのオヤジ、ヤクザだもん」

智紀の父親は、兵頭と同じく周防組《すおうぐみ》の構成員なのである。しかも組長である周防忠範《ただのり》の義理の弟にあたるので、智紀はヤクザの父親と組長の伯父さんを持っているわけだ。

その事実を知らなかった満雄と斎藤が固まる。

アヤカも知らなかったはずなのだが「あ、そうなんだあ」とあっけらかんとしていた。職業柄、すっかりヤクザ慣れしているのだ。……俺も人のことは言えないが。

「こないだまでクサイ飯食ってたんだけど、やっと出てきてさあ。一応幹部ってヤツなわけ。で、組長が一昨日《おととい》ウチに来て、最近のシノギについて話してたんだよ。で、そんときに振り込め詐欺の話も出たわけ。……あ、ウチのオヤジたちは関わってないぞ。なんか組長がやたら昔気質《むかしかたぎ》のじーさんでさあ」

「周防の親分さんは、もともとテキ屋の元締めだった人だからね。金のためならなんでもする、今時のヤクザとは違うところがあるんだろうよ」

そう言ったのは意外にもさゆりさんだった。

「え、さゆりさん、周防の組長と知り合いなの？」

驚いた俺が聞くと、智紀のために鍋の具を掬《すく》っていたさゆりさんが片方の眉を上げて「知り合いじゃあないさ」と答える。

「ただ、若いときに何度か顔は見たね。祭のときなんかに。ほら、野菜もちゃんとお食べ」

取り皿を受け取り、智紀は肩を竦《すく》めて「わかってるよ」と答える。

「とにかくさ、振り込め詐欺の場合、捕まるのはたいして稼いでもない下《した》っ端《ぱ》ばっかだろ？　しかも、奴らは自分が誰に使われてるのかも知らない。そういうシステムになってんだよ」

はふはふと鍋を食べながら智紀は語る。口の端からネギがはみだして、キヨがそれを取ってやろうとしたが、いやがられてしまった。悲しげな目でキヨが俺を見る。いや、こっちを見られてもなにもしてやれないんだけど……。

「……けど、金の受け渡しのときには顔くらい見るだろ」

斎藤は言ったが、智紀は「サングラスしてたらもうわかんないじゃん」と返す。

「まあ、万一なんかの情報が流れたとして、アジトにガサが入る頃には撤収済みだろ。ヘマした下っ端は制裁食らうかもしれないけど」

「制裁って……指詰めたりか……？」

次第に声の張りを失う斎藤に、智紀が「いつの時代の話してんの」と呆れる。

「今時の極道は指なんか詰めないって」

「じゃ、どんな……」

「そこまで具体的なことは俺だって知んないよ。ヤクザなのはオヤジであって、俺じゃないの。俺はただの高校生なの」

そこですかさず、アヤカが「最悪、消されるよねー」と割り込む。明るい口調がかえって不穏な雰囲気を醸《かも》しだしていて、斎藤が顔を歪めて「まさか」と笑う。無理して笑っているのがよくわかる顔だった。

「消されるって、そんな。ドラマや映画じゃあるまいし」

「えー。でも、東京じゃ、ホントに消える人って多いよ。なんかトラブってるみたいだなあ、って思ってると、突然消えちゃうの。ね、芽吹さん」

パスが回ってきて、俺もあえて軽く「うん。都会はコワイなあ」と答える。

「いちいちニュースにならないけど、失踪者《しっそうしゃ》って多いらしいじゃん？　えっと、年間で、どんくらいいるんだっけ」

すかさず智紀が俺に聞く。ナイスパス。

「捜索願が出た人数で言えば、年間十万人くらいだな」

わあ、アヤカが可愛く驚いた。

「十万ってすごい数だよねぇ。コワイねえ」

斎藤に寄りかかるようにして言う。むにゅん、と柔らかい感触が腕に当たっているはずだ。なのに斎藤は顔を赤くする余裕もなく、むしろ青ざめているくらいだ。

もちろん、この十万という数は実際の失踪者の数とは違う。あくまで捜索願が出たというだけの話だ。届けを出したあとで、所在確認が取れる人がほとんどである。まるで十万人がヤクザに消されているようなニュアンスがあるが、それがこちらの作戦だ。わざと話の流れをそういうふうに操作している。とはいえ、捜索願すら出されないまま行方知れずになった人も、かなりの数になるはずだ。この国で水と安全がタダだった時代は終わった。まあ、他国と比べれば「比較的安全」といったところだろう。

「ホント、極道には関わらないほうがいいぜ？」

智紀の言葉に俺はウンウンと頷いた。キヨがぼそりと「芽吹さんはもう遅い……」と呟いたが聞こえないふりを決め込む。

さあどうだ。これくらい脅しておけば、斎藤も考えを改めるだろう。

なかなかいいチームプレイだった。アヤカは上手に芝居をしてくれたし、智紀も予想以上のパス回しを見せた。生意気だがやはり頭は切れる。もうゴールは近い。

しかしあまり追い込みすぎて、逃げ場をなくしてはいけない。「犯罪者たちと手を切る」というゴールへは、斎藤自身がボールを蹴り入れるのが一番いいのだ。そろそろ楽しい話題に戻ろうと思った俺が「そういえばさ」と口にしたとき、事務所の扉が開いた。

「アヤカ?」

艶《つや》のある低音に、俺は缶ビールを持ったまま固まる。

またか。

またあいつか。

うちの事務所の扉を、まるで自分ちのように開ける奴は、今のところひとりしかいない。

「おまえこんなとこでなにしてる。熱出したんじゃなかったのか」

伯田《はくた》を従えた兵頭が、鍋を囲んでいる俺たちを見て……いや、睨んでいた。アヤカはしまったあ、という顔つきだ。俺もまたしまったあ、と思っていた。

風俗店というのは従業員の勤怠《きんたい》にとても厳しい。急な休みは基本的に取れないし、病気で仕方なく休めばペナルティ、つまり罰金が取られる。遅刻や早退もペナルティだ。俺自身もホスト体験をしてその厳しさは承知だった。

だがアヤカは「あたしナンバーワンだから、たまの病欠ならノーペナルティだよ」と言って、都合をつけてくれたのだ。

「えーとだな、兵頭。アヤカちゃんは……」

俺がアヤカを庇う言葉を探しているうちに、兵頭は鍋を囲む面子《メンツ》を見渡す。今夜は黒いスーツにグレーのシャツ、ネクタイだけが赤という芸能人かヤクザにしか許されないコーディネートだ。俺の言葉を待つつもりはさらさらないらしく、磨き抜かれた靴《くつ》でゆっくりとこちらに歩いてくる。智紀を見て軽く顔をしかめ、満雄には「どっかで見た顔だな」と低く言った。

「……芽吹さんの元同僚です」

「ああ、あん時のホストか。そっちは？」

兵頭から立ち上るヤクザオーラに圧倒され、斎藤は「み、満雄のダチです」と小声で自己紹介した。

「へえ。……で、先輩。なんだってこんなとこで鍋なんです」

「なんでって……秋といえば鍋だろ」

「あんた真夏でも鍋食うでしょうが」

「夏の鍋は汗をかくことによって体温を下げるための鍋で、秋の鍋は身体を温めるための鍋なんだ。行為は同じでも目的が違うんだぞ」

「はいはい。あんたが屁理屈《へりくつ》をこね回すときは、たいがい時間稼ぎなんですよ」

痛いところを突かれて、俺は一瞬黙ってしまった。智紀が妙に感心して「よくわかってんな」と呟くのがまた悔しい。それに対してアヤカが「愛があるからね」などと言うので、ますます次の言葉が出てこなくなる。さっきまでのチームワークはどこへ行ってしまったんだ。

「鍋はともかく、ウチのナンバーワンが仕事をサボってんのは問題です。おいアヤカ、今回だけは見逃してやるが、次から病欠でもペナルティにするぞ」

アヤカは諦めの吐息混じりに「はーい」と答えた。兵頭相手にごねたところで無駄だとわかっているらしく、素直だ。けれど俺はそういうわけにはいかない。俺の頼みで急な休みを取らせたのだから、こっちにも責任がある。

「兵頭、アヤカちゃんは悪くないんだ。俺が……」

言いかけたところで、携帯電話の着信音がする。

伯田の携帯だったらしい。俺に向かってお辞儀をし、伯田は電話に出る。短い会話のあと、兵頭に目で合図を送った。

「どうした」

「佐久《さく》が見つかったそうです」

「正気か」

「いえ。すっかりラリって暴れてるようですが」

兵頭が舌打ちをし「ヤツはもうダメだな」とぼそりと言った。

「伯田さん、悪いがそっちに行ってくれるか。佐久の正気が戻ったら、仕置きして組長《オヤジ》に引き渡してくれ。ありゃもう破門だろ」

はい、と伯田はいつもの微笑みで頷く。

「仕置きはどの程度で」

「手足は目立つからな。肋《あばら》の二、三本でいいだろ。なに鍋です？　うまそうな匂いだ」

物騒なことを言いながら、兵頭が鍋を覗き込む。俺の隣にいたキヨが気を利《き》かせて席を立つと、当然のようにそこに座り、俺の小皿と箸を奪ってさっそく味見をしている。

「ちょうど腹が減ってたんですよ。……うん、いい出汁が出てる」

アヤカと智紀は平気な顔だが、目の前で食事を始めたヤクザに斎藤の表情は硬い。さゆりさんは兵頭のために新しい皿と箸を取りに行ったようだ。

「図々しいヤクザだな。誰も一緒に食おうなんて言ってないだろうが」

「遠慮がちなヤクザっていますかね？　肉はないんですか、肉は。……しいたけは、先輩に取っておいてやります」

「いいよ。食えよ、しいたけ」

本当は嫌いなくせに、兵頭はしれっとした顔で「うまそうに煮えてますから、先輩が」などと言いやがる。スーツの上を脱いで、ますます本格的に食べる気まんまんだ。アヤカもご機嫌を取らなければいけないので「はーい、おビールでーす」と酌《しゃく》を始めた。

ゆずポン

「では、私はこれで」

伯田が俺たちに一礼し、出ていこうとした。ふいに兵頭がなにか思い出したように「ああ、待ってくれ」と呼び止める。

「やっぱり肋じゃなくて腕にしとこう」

ひっつみを食いながら言う。

「こないだ、肺に刺さって死にかけた奴がいただろ。……死んだんだったか？　まあ、どっちでもいいが、佐久なんざ殺す価値もねえからな」

「では腕で。左右はどうしましょう」

兵頭は鍋の中のしいたけを避《よ》けながら「両方でいいんじゃねえか？」と返した。

斎藤の顔色がもはや死人のようだったのは、言うまでもない。

3

「なんていうか……途中まですごくいいチームだったのに、突然入ってきたメンバーが勝手に独走した感じというか……斎藤《さいとう》くんが、自分の意志でゴールキックするはずだったのに、その斎藤くんごとゴールに蹴り入れるという無茶をしたヤツがいたというか……」

「つまり俺はスタープレーヤーだったということですね？」

兵頭《ひょうどう》が真顔でアホを言う。

「違うよ。誰がそんな話してんだ。そうじゃなくて、計画では斎藤くん自身の気持ちで」

「斎藤とやらの話はもう結構です」

事務所と私室の境目に立ち、兵頭が不服な声を出した。

スーツは着ていない。スーツ以外のものも着ていない。下半身にバスタオルを巻いただけの格好でドアに寄りかかり、まだ事務所にいる俺を見ている。

「いつまでそっちにいる気ですか。さっさと来ないと襲いに行きますよ」

「だめだ。こっちは神聖なる職場だ」

「一度、コピー機に押し倒してやってみたかったんです」

「だめっ！」

俺はパソコンのモニタから目を離し、兵頭を睨《にら》んで「リース料、高いんだぞっ」と言った。兵頭は呆れたように溜息をつき「色気がねえな」などとぼやきやがる。こちとら三十三のおっさんだぞ。そうそう色気があってたまるか。

「いつまで待たせるんですか。風邪ひいちまう」

「すぐ終わるって。メールチェックだけしとかないと……。あ、斎藤くんだ……」

まだ鍋《なべ》が終わってから一時間ほどしか経っていないのに、もうメールが届いている。なるべく早く相談したいことがある、と書いてあった。よしよし、うまくいったようだ。作戦の途中で闖《ちん》入者《にゅうしゃ》があったものの、終わりよければすべてよしである。

「……ほら、俺のおかげじゃないですか」

いつのまにか、俺のすぐ背後に来ていた兵頭が囁《ささや》く。耳元に奴の声と湿った息を感じ、心ならずもぞくりときてしまった。

「たっぷりと礼をしてもらいますよ、先輩」

「なに言ってんだよ。おまえが事情を知ったのは今さっきじゃないか。たまたま伯田《はくた》さんとのやりとりが……んっ……」

顎《あご》の下に手を入れられ、強引に上を向かされる。

見えたのは天井ではなく兵頭の顔で、すぐに唇を塞がれた。濡れた髪が冷たい。

これでは本当に風邪をひかせてしまうかもしれない。俺は少し反省して、キスを甘んじて受け入れた。兵頭の手が、俺のシャツを引き出して中に入り込もうとする。

「ちょ、待っ……ん、ふ……っ」

俺の口の中で、兵頭の舌が荒々しく動く。獰猛《どうもう》な獣に味見されているようで、少し怖くて、かなり興奮する。しかしこのままでは本当に事務所でやられかねない。なんとか兵頭の頭を引き剝がし「わかったよ、ベッドに行くから」と宥《なだ》めた。

「腰はもういいんでしょうね？」

「まだ完治してないぞ。無茶すんなよ」

事務椅子から立った俺が釘を刺すと、腰に両手を回しながら「それは約束できねえな」とにやりと笑う。このスケベそのものの顔に、どきりとしてしまうんだから、俺もたいがいだ。

兵頭は再び俺に唇を重ねた。

濃厚なキスを受けながら、私室のベッドまで引きずるように連れていかれる。替えたばかりのシーツの上に押し倒される頃には、もう俺の息は上がっていた。

「……おい……俺、シャワーまだ……」

「あとでいい」

兵頭の息も乱れ始めている。慌ただしく眼鏡《めがね》を取り、床に放りだした。

「どうせ俺のを搔き出さなきゃなんないでしょうが……すげえ溜まってんです」

「な、おまえ、ちゃんとゴム使えよっ」

「いいじゃないですか。お互いちゃんと検査してんだし」

「だ、だめだって。持ってないなら俺が買ってくるから……うわっ」

俺の服を剝ぎ取るうちに、奴のバスタオルが外れた。完全に上を向いているそれを見て、俺は思わず声を上げてしまう。今日はまた一段と凶暴なりのそれは、腹につかんばかりに反り返っていた。

兵頭が俺を押し潰すように、全身に体重をかける。

「もうこんなんなってんのに、あんたがコンドーム買ってくるのを待てと？　無理に決まってんだろ……ほら」

ぐりっ、と押しつけられた。裸に剝かれてしまっているので、互いの性器がもろに当たり、こっちまで兵頭の熱につられて、ぐんぐんと成長を遂げていく。

「あっ……なに、おまえ、硬すぎ……」

「あんたがマメに抱かせてくれないからです。罰として、今日はナマでします」

「だめだって！」

高校時代の一件は置いておくとして、俺が兵頭に初めてフルコースを許した……なんかこの言い方気持ち悪いな……つまりアナルセックスをしちまったのは、夏の終わりだった。そのときはナマでされてしまったのだが、あれ以降はちゃんとゴムを使用していた。

セーフセックスは当然のことだし、後始末も大変なのだ。

「絶対、だめだからな。つけないんなら、今日はそっちはなしに……んっ……あ……」

乳首に吸いつかれ、言葉がうやむやになる。最近、左側が弱いということを知られてしまった。ベッドの中の兵頭は、俺が悔しくなるくらいに勘がいい。どんなに小さな反応も見逃さず、俺の身体のすべてを知り尽くそうとし、実際そうなり始めている。

「……っ……」

前歯でカリッと引っかかれ、腰が浮く。

兵頭の腕が俺にしっかりと巻きつき、動きを封じ込められる。蛇《へび》に絞めつけられた獲物のようだ。しかも、この蛇の毒はやたらと甘い。

「ん……」

ひとしきり乳首を弄《もてあそ》んだあと、兵頭の頭が下へと移動し始める。俺のペニスときたら、いまやすっかりはしたない息子となっており、ひくひく震えて兵頭の唇を待っている。

熱い吐息が先端にかかった。

「あっ……」

期待ではち切れそうなそれには触れず、兵頭は俺の陰毛を噛んで引っ張る。痛い、と文句を言うと、顔を上げないまま笑うのがわかる。兵頭の吐息で、その一帯がざわざわする。

「おい……なに遊んで……んっ……」

鼻先で茎《くき》の中央あたりを押される。半端な刺激に、俺は焦《じ》れるばかりだ。

「舐めてほしいですか？」

意地の悪い質問だが、ここで恥ずかしがって口籠《くちご》もるほど俺は乙女じゃない。かといって嬉々《きき》として答えるのもなんか違うので、結果として「悪いか」と怒ったような声になってしまう。兵頭は顔を上げてにやつく。

「悪かないですよ。俺の舌技《ぜつぎ》は最高ですからね」

「否定しない。人にはなにかしら取り柄があるもんで……ひゃっ！」

いきなり腰を抱えられて、ぐいっと引っ張られた。背中がシーツに擦られ、シュッと音がする。

俺は仰臥《ぎょうが》したまま腰から折られるように、深く足を曲げさせられる。

「なな、なにっ！　なんて格好させんだよおまえっ」

「舐めてあげますから、おとなしくしてくださいよ」

「やめ……っ」

やめろと最後まで言えなかったのは、俺の窄《すぼ》まりに兵頭の舌が触れたからだ。

舐めてほしいとは言ったが、そっちじゃない。詳しく場所を指定してもいないが、いきなりそこは、だいたい風呂も入っていないのに、そりゃ事務所のトイレはウォシュレットにしたけど――などと、俺はすっかり混乱してしまっていた。ぶっちゃけ、フェラされるのには慣れてきたが、そっちを舐められるのはどうにも動揺してしまうのだ。

「あっ……」

柔らかく濡れたものが、ぬるりと刺さる。俺は足をじたばたさせて暴れ、一度は兵頭の下から逃れることに成功した。

「なに逃げてやがる」

だが、それがかえって兵頭に火を点《つ》けたらしい。たちまち引きずり戻されて、今度は四つん這いにさせられた。尻たぶをグッと開かれ、再びそこに舌が埋められる。

「あ……あ、やだっ……て……」

ぴちゃぴちゃと濡れた音が、俺をいたたまれなくさせる。

「なにがいやなんです。先輩のここは、もうちゃんと楽しみ方を知ってるでしょうが」

「バカ、そういうことを……、ひゃっ……！」

ぬくっ、と尖らせた舌が入り込んできた。同時に、兵頭の手が腹側に回ってきて、俺のペニスを握る。ここを摑まれてしまうと、見えない縄に拘束されるに等しい。暴力的な縄ではなく、快楽のロープだ。

絶妙な強弱をつけて、ペニスを擦られる。

すると連動システムのように、俺の窄まりがひくひくと反応して、兵頭の舌を締め上げる。たっぷり濡らされたあと、兵頭の舌はそこから撤退し、代わりに長い指が訪れた。

「ん……ッ！」

びくっ、と俺は大きく震えた。

明らかな快楽が背骨を駆け上がり、シーツを摑む指に力が入る。

たったの数ヶ月で、俺の身体は確実に変わってしまった。兵頭の指が一本入っただけで、関節が飴《あめ》のようにとろけてしまいそうになるのだ。

まして一番感じる部分を狙われてしまえば――乱れるのを止められない。

「ここらが……先輩の、いいとこでしょう……？」

「あ、あ……」

兵頭の指が俺の中で軽く曲がり、ウィークポイントをゆっくりなぞる。尾《び》てい骨《こつ》からぞくぞくと駆け上ってくる感覚に、俺は肩を揺らして喘《あえ》いだ。

「けど、一本じゃ物足りないはずだ……指、増やしましょうか……？」

悪魔の囁きに、俺はガクガクと頷いた。そうなればもっと乱れてしまうのはわかっているのに、拒絶できない。兵頭は俺のうなじに口づけを落とし「欲張りですね」とにやついた。兵頭は俺のペニスから手を放し、準備してあったローションを指に絡める。

「……あ………あ、ああっ……」

狭い道をこじ開けて、指が増える。

二本じゃない。これは、この圧迫感は三本だ。ゆっくりと、一番根本まで埋められて、俺は呻《うめ》き、喘いだ。

ローションのおかげで痛みはない。痛いどころか……もっと強く、とねだってしまいそうだ。

「やらしいな……」

兵頭がごくりと喉を鳴らすのがわかった。

「ほら、先輩。わかりますか？　俺の指にあんたの粘膜が絡みついて……」

「う、あ……やっ……」

埋めた指を出し入れされると、ぐちぐちという音に耳を塞ぎたくなった。問題はその恥辱ではない。恥ずかしさより、快楽が勝っているところが怖いのだ。俺はもう少しで尻を振ってしまいそうな自分を抑えつけるので精一杯になる。

「……ッ……」

まずい。

俺は顎《あご》を上げ、奥歯を噛んだ。

兵頭と俺は、しょっちゅうこんなことをしているわけではない。お互い仕事が忙しく、一緒に過ごせる夜はさほど多くないのだ。そんな事情もあって、今夜の俺はあまり保《も》ちそうになかった。フェラされたらそのままいっちまうかも、という危惧はあったのだが、後ろを弄《いじ》られているだけで切羽詰まるとは予想外だ。

身体の奥で、熱が高まっていく。

熱は出口を探して、身体をぐるぐると駆け巡る。

「あ……」

ふいに、内部からすべての指が引き出された。

途端に俺のそこは空虚を感じる。もともと侵入者を受け入れるべき場所ではないはずなのに、いなくなるとなにか足りないと訴え、寂しがる。駆け巡っていた熱が止まり、分散し、曖昧《あいまい》なのに強い快楽の狂おしさに俺は身悶《みもだ》えた。

「兵頭……っ」

シーツに額をつけ、後ろを振り向かないままで奴を呼んだ。

「うん？　なんです？」

俺の背中にキスしながら、兵頭がしゃあしゃあと聞く。

「おまえ……半端《はんぱ》なことするなよ……っ」

「でもゴムがないんでねえ」

こいつ……さっきまではナマでやらせろと息巻いていたくせに、なに言ってやがる。蹴飛ばしてやりたいのに、甘く崩れそうな膝に力が入るはずもない。

「い、いいから……っ」

「いいって、なにが」

「ゴムはいらないから……っ」

「入れてほしいんですか？」

SAFETY SEX

俺ははっきりと頷いた。

腰のあたりで行き場をなくした熱が、じりじりと俺を焦《こ》がしている。どうにかなりたいのに、どうにもなれない。こんな感覚は初めてで、俺は戸惑い、動揺していた。

「ここに、俺のが欲しいんですね？」

低い声が俺を嬲《なぶ》る。

「そ、そうだ。兵頭、早……あ、だめだ、やめ……今、触っちゃ……っ……！」

つん、と軽くつつかれる。

どの指なのかはわからない。俺からは見えない。いずれにしても、一本だけがククッと根本まで差し込まれたその刺激で――。

「……ッ、あ……っ！」

「先輩？」

だめだった。俺は暴発を阻止できなかった。触れられてもいないペニスから、精液が迸《ほとばし》る。兵頭に見られているのはよくよく承知だが、隠すことすらできない。突然襲いかかってきた絶頂感に灼《や》かれ、俺は四つん這いのまま、ただビクビクと震えていた。

擦り立てないからだろうか。やたらと時間のかかる射精だった気がする。

やっとすべてを吐きだし終えても、いつものようにすっきりとした感覚がない。ペニスは下を向いたが、甘ったるく痺れるような快楽は腰にまつわりついたままだ。

俺は息を乱して、シーツに顔を埋《うず》めた。

なんてことだ。ケツに指入れられただけでいくなんて。しかも、こんな早く。

「う……くそっ……バカ、おまえが変に焦らすから……」

シーツを拭かなければと顔を上げた俺は、背中からがばりと抱きつかれる。おかげで身体はそのまま沈み、自分が濡らしたシーツの上に腹這いになってしまった。

「わっ……な、なんだよ」

兵頭が耳元で「やべえ」と掠《かす》れ声《ごえ》で呟く。

「やべえよ先輩。今のあんた……ちくしょう、なんでそんなにエロいんだよ」

「なんでって聞かれても……あ、ちょ、兵頭……」

「我慢できねえ」

「——あっ……」

熱い塊《かたまり》が俺を押し開く。

肌だけではなく、もっと深い場所まで兵頭に明け渡すときがきたのだ。

粘膜にめり込む灼熱《しゃくねつ》は、指とは比べものにならない質量がある。俺の身体は最初は戦《おのの》き、だがほどなく受け入れ態勢を整える……はずなのに、今回は違った。射精したばかりだからなのか、やたらとそこがきつく狭まっているのだ。

「——キツ……」

兵頭が呻く。それでも進むのをやめはしない。

俺もやめろとは言わなかった。過敏になったそこで兵頭を受け入れるのは少々きつかったが、それでも奴が欲しかった。

身体の奥で、兵頭を感じたい。

こうして繋がっていると、ひとつになっているような気がする。あくまで気のせいだと理性は主張しているが、いっそ溶《と》けあってしまえるんじゃないかと——勘違いできる。

「あ……ひょう、どう……」

「先輩……」

溶けあう声。

溶けあう身体。

それが刹那《せつな》の錯覚であろうと、俺にとっては必要なものになってしまっているのだ。


兵頭と一夜を過ごした翌日、斎藤が事務所にやってきた。

詐欺グループに関わっていたことを俺に告白し、足を洗うことを決意したという。俺はあらかじめ斎藤に許可を得て、七五三野《しめの》に同席してもらった。

犯罪に関わる案件である以上、プロにいてもらったほうがいい。

「ホント金に困ってて……どうしようもなくなってたときに、声かけられたんです。最初は出し子やってたんだけど、そのうち、飛ばし集めのほうが金になるぞって」

夜の九時を回り、さゆりさんとキヨはもういない。

さゆりさんに比べるといまいちのお茶を出し斎藤の前に座る。昨日のホストじみた格好からは一転し、デニムにパーカーという、ありきたりなスタイルになっている。七五三野はいつもどおりのパリッとした背広姿だ。

「困っている人間につけこむのが、連中の常套手段《じょうとうしゅだん》です。斎藤さん、よく決心しましたね」

はい、と斎藤は神妙に頷く。

「あのヤクザ、マジおっかなかったし……」

「ヤクザ？」

七五三野がもの言いたげに俺を見た。

「いや、ええと、たまたま兵頭が来て……まあ、その話はまた今度するから」

昨晩、そのおっかないヤクザとあれこれしてしまって腰痛を再発させた俺は思わず早口になってしまう。七五三野は隣に座る俺に短い嘆息を聞かせると、再び斎藤に視線を戻した。あとでいろいろお説教されそうだ。

「では、経緯《いきさつ》を聞かせてくれますか？　もちろん一切他言はいたしません」

七五三野の誠実な雰囲気に安心したのか、斎藤は素直に喋《しゃべ》り始《はじ》める。

「東京《こっち》来て、なんもうまくいかなくて……むかついてばっかで。金がないから遊べないし、満雄《みつお》にもバカにされてる気がして……」

「満雄くんはきみを心配してたぞ」

俺が言うと、斎藤はこくりと頷いた。昨晩は満雄のところに泊まって、じっくり話したという。今は友人の思いが理解できたのだろう。

「あいつには感謝してます。俺のことマジで考えてくれるダチなんてあいつくらいなのに……ケンカなんかして、バカでした、俺」

「いいご友人がいてよかった」

七五三野は誠実な表情で深く頷いた。俺もまったく同感である。

「さて斎藤さん、あなたが手伝っていたのは、いわゆる出し子と、飛ばし集めだけでしたか?」

「いえ……あの」

斎藤が視線を落として口籠《くちご》もる。七五三野はごく穏やかな口調で「よかったら、話してみてください」と語りかけた。決して問い詰めるようなことはしない。

「大丈夫だ。七五三野は信頼できる」

俺が言葉を添えると、斎藤は躊躇《ためら》いを捨てて語りだす。

「あの……実は俺、メンバーにならないかって誘われてたとこだったんです」

「それはつまり、詐欺の電話をかけるメンバーってこと？」

斎藤は頷いた。東北地方のイントネーションが使えるメンバーが欲しいんだよ——誘いをかけた男はそう言ったそうだ。

「面接みたいなこともしたんです。今よりもっと稼げるし、今より安全な仕事だって」

「では、メンバーに会ったんですね」

「はい。ひとり」

「名乗りましたか？」

「ええ。本名かどうかわかんないけど……アサヒナ、って言ってました」

その名前に、七五三野の瞼《まぶた》がぴくりと反応した。

「……アサヒナ？」

聞き返したのは俺だ。たぶん、俺の瞼も同じように震えていただろう。

「はい」

「外見的特徴を教えてくれますか？」

「見た感じは二十六、七かなあ。痩《や》せてるけど、わりとかっこよくて、喋ってるときは明るい感じの奴です。こないだは、飛ばしの受け渡しもそのアサヒナが出てきて……けど様子が変だったな。すごく慌ただしくて、あっというまに消えちまった。……あの、芽吹《めぶき》さん？」

え、と俺は顔を上げた。

どうやら剣呑な顔で俯《うつむ》いていたらしい。斎藤が怪訝《けげん》そうに見ている。

「ごめん、なんでもないんだ。続けて」

「俺がそいつに関してわかるのはそれくらいです。会ったのは面接も入れて二度だけだし」

「そうですか。相手があなたをメンバーにしたがっていたのが気がかりですね。向こうはあなたについてどれくらい知っていますか?」

「名前は知られてます。面接のときにいろいろ話して……出身地とか、家の事情とか。住所は……今住んでるとこは、そもそも奴らの用意したとこだし」

「そこはすぐに出たほうがいい」

七五三野は言い、俺を見る。

「そうだな。しばらく満雄くんのところにいられる?」

「満雄もそうしろって言ってくれました。仕事も探します。今度は本気で、真っ当なことしたい。ダチに恥ずかしくないように……」

真剣な眼差しを見せた斎藤が、いくぶん照れくさそうな声を聞かせる。

おおまかな事情は摑めたが、斎藤がメンバーと接触していたのは予想外だ。顔を知られた相手が急に足抜けすれば、向こうは警戒するだろう。万が一、斎藤が報復を受けないとも限らない。しばらくは注意するに越したことはないが、七五三野ならば怠りなくやってくれる。また、斎藤が後悔していることもよく伝わってきた。満雄の話していた通り、根っからの悪人ではないのだ。

一通りの話がすむと、もう午前零時近かった。

帰り際、斎藤は俺に向かって「ありがとうございました」と深く頭を下げる。

「決心ついたの、芽吹さんのおかげです」

「いや、俺はなんにもしてないし」

「鍋、食わしてくれたでしょ。あのヤクザが怖かったのもあったけど……ひっつみ食ってたら、なんかいろいろ考えちゃって。ウチのオヤジは破産したけど、別の土地でカラダ張って頑張ってるんです。なのに俺は……詐欺なんかに手ェ貸して稼いで……」

そうか。あのひっつみは間違ってなかったんだな。

俺はちょっと嬉しくなって、斎藤の肩を軽く叩いた。まだ二十二なんだから、いくらでもやり直しは利《き》く。人間は間違える生き物だ。誰だってなんかしら間違えながら生きていく。俺だって三十三年間、間違えっぱなしって気がする。

肝心なのは、間違えないことじゃない。間違いに気がついたときに、修正できるかどうかなのだと俺は思う。……で、これがまた言うよりずっと難しい。

斎藤を見送ってすぐ、七五三野が「飲むか」と言いだした。

俺は頷き、ウィスキーのロックをふたつ作る。つまみはないかなと冷蔵庫を開けてみたのだが、たいしたものは入っていなかった。とりあえずアーモンドチョコレートの箱と、魚肉ソーセージを出して、ローテーブルに置く。

グラスを手に、七五三野が軽くネクタイを緩めた。

その仕草につい兵頭を思い出してしまい、俺は慌てて目を逸らした。こいつらって背格好が似てるんだよ。中身は正反対なのに。

「――偶然の一致だと思うんだが」

ソファに座った七五三野が、なにについて話しているかはすぐにわかった。

アサヒナ……朝比奈《あさひな》。

それがそのまま本名であるなら、同じ名の男をひとり知っている。

朝比奈亘《わたる》――俺がかつて、弁護を担当した青年だ。過失致死の加害者である。

「章《あきら》。おまえが文字通り、骨を折った事件だったな」

「ホントに折ったもんな……」

五年前のことだ。

深夜、当時住んでいたマンションへ帰宅すると、部屋の前に被害者の父親が佇《たたず》んでいた。正面玄関にはセキュリティがかかっていたが、宅配便の配達と一緒に入り込んだらしい。

かなり酔っている様子で、俺に向かって「なぜだ」と聞いた。

なぜ、人殺しの弁護なんかするんだ。なぜ、あいつを刑務所に入れるなと言うんだ――あいつは娘を殺したのに。たったひとりの俺の娘を殺したのに。

相手は泥酔状態だ。まともに話し合えるはずはない。

俺は身の危険を感じ、一階ロビーまで戻ろうとした。そこならば深夜でも警備員が詰めているはずだったのだ。警察を呼んで大事にはしたくなかったのだが――その考えは甘かった。

父親は俺を追いかけてきた。非常階段の途中で、揉み合いになった。

俺は足を滑らせ、階段から落ち、頭を打って意識を失った。父親は怖くなってその場から逃げたが、詰め所の警備員が不穏を察知し、俺はすぐに病院に運ばれた。頭部は打撲《だぼく》だけでMRIにも異常は見られなかったが、前腕《ぜんわん》を単純骨折していた。

父親は翌日、警察に自ら出頭した。

「あの裁判は、後味が悪かったなあ……勝ち負けで言えば勝ったけど、凹《へこ》んだよ」

呟く俺に、七五三野が「おまえは正しかった」と言ってくれる。

俺が弁護していた朝比奈は、当時二十二歳。被害者の交際相手で、まだ大学生だった。

事件の経緯はこうだ。同い年の彼女は他の男性に気持ちが傾き、ふたりはケンカになった。彼女は「もう別れる」と一方的なメールを送りつけ、電話に出なくなった。

いてもたってもいられなくなり、朝比奈はアパートの前で待ち伏せした。

裕福な家庭でなに不自由なく育った朝比奈にとって、この失恋は初めての大きな挫折《ざせつ》だった。

冷静に話し合うつもりだったが、アパートの前で彼女と激しい口論となった。

激昂《げっこう》した彼女に口汚く罵られ、頭に血が上った。お互いすっかり興奮し、殺すの殺さないのという言葉も出たらしい。

朝比奈は彼女の胸ぐらを乱暴に摑み、自分のほうへ引き寄せた。

彼女もおとなしいタイプではなかった。腕力では負けると踏み、朝比奈の顔を引っ掻いた。長い爪が目に刺さりそうになり、朝比奈は反射的に恋人を突き飛ばしたのだ。

高いヒールのミュールを履《は》いていた彼女は、足下がおぼつかなかった。数歩後退したとき、踵《かかと》は踏みしめる場所を失っていた。

背後は階段だった。学生向けの、ワンルームばかりの鉄骨アパート。その外階段を彼女は真っ逆さまに落ちた。後ろ向きだったので、自分の身を支えることはできなかった。コンクリートの踊り場で後頭部を強打した。

「……彼女の部屋が二階じゃなかったら……あの事件は起きなかったんだろうな」

今さら考えても仕方ないが、そう思ってしまう。

朝比奈はすぐに救急車を呼んだ。けれど彼女は首の骨を折り、即死した。

事故だった。けれど目撃者は誰もいない。そして朝比奈には悪い癖があった。一見おっとりした坊ちゃんに見える彼だが、いわゆるキレやすい傾向というか――過去のケンカでも物を投げて壊したり、彼女に手を上げていたことも数度あった。痣が残るような強さではなかったし、あとで反省し謝るのだが、なかなかその悪癖は直らず、彼女は友人にその悩みを打ち明けていた。また、言い争いになった際、他の住人が「助けて、殺される」と叫ぶ彼女の声を聞いていて、救急車より早く警察が到着した。

朝比奈は殺人容疑で逮捕された。

背後が階段だとわかっていて突き飛ばしたのは、故意の殺人だと検察は主張した。

また、朝比奈は警察から度を越した厳しい取り調べを受け「殺そうという気持ちもあったかもしれない」と供述してしまっていた。俺は取り調べの方法に問題があると言い張った。被疑者を精神的に追い詰めて言わせたものにすぎない、朝比奈に殺意はなく、事故である。つまり過失致死だと訴え続けた。

「……俺、被害者の父親に突き飛ばされたことを利用したんだよな……」

やけに苦く感じるウィスキーを舐めながら、回顧する。

——そこに階段があることがわかっており、かつ殺意がなくても、揉み合いになれば突き飛ばしてしまうことはあるのです。現に私はそうされました。ですが、もし私が首の骨を折って死んでいたとしても、それは事故です。故意の殺人だとは言えない。

腕を吊ったまま法廷に出て、そう説《と》いた。依頼人を守るのが弁護士の仕事だ。正当な刑事罰以外から、依頼人である容疑者を守る義務がある。確かに朝比奈は恋人に手を上げる男だった。しかし、殺人とそのことは切り離して考えなければならない。彼に殺意などなかったのだ。

俺の骨折が影響したのかはわからないが、朝比奈は過失致死罪が言い渡され、執行猶予がついた。朝比奈は泣きながら俺の手を——吊っていないほうの手を握り「ありがとうございました」と何度も繰り返した。彼の両親も感謝してくれた。

けれど、俺は忘れられない。

娘を返してくれと泣きながら摑みかかってきた、被害者の父親が忘れられない。

「……そういえば、骨折中は世話になったな」

「やっとそこを思い出してくれたか」

七五三野はわざとらしい呆れ声を出す。折ったのが右手だったため、なにかと不便で、しばらく七五三野のマンションに居候《いそうろう》させてもらっていたのだ。

「三ヶ月くらいいたっけ？　俺のところより広くて高級だったもんなあ。居心地よかったよ」

「ずっといてもよかったんだ。部屋もあったし」

鷹揚《おうよう》な友人はアーモンドチョコレートを摘んだ。自分で食べるのかと思ったら、俺に向かって差し出してくる。ありがたくいただいたが、なんだかちょっと餌《え》づけされている気分だ。

「けどおまえ、小姑《こじゅうと》みたいにうるさかったからな。俺が朝飯抜いただけで『健康に悪い。弁護士は身体が資本だ』って怖い顔するし」

「悪かったな、小姑で」

怒ったような声のあと、七五三野は小さく吹きだした。俺もつられて笑う。

「……なあ、七五三野。あの頃おまえ、朝比奈のことどう思ってた？」

「甘やかされて育った我《わ》が儘《まま》小僧《こぞう》。逆境に弱く、すぐキレる。でも、頭は悪くない。素直な面もあったし、本気で反省していたと思う」

「うん。同感だ」

「――偶然だろう、朝比奈の名前が出たのは」

隣に座っていた七五三野が、より近づいてそう言う。清涼感のあるトワレがふわりと香ってきた。昔からずっと同じものを使っているので、俺にとっては懐《なつ》かしい匂いだ。

「そうだな。同じ名前の人間だってある程度いるだろうし……今日はありがとう、七五三野。身近に優秀な弁護士がいるから、心強い」

「おまえだって、優秀な弁護士だった」

「だめだよ、俺は」

苦笑して、俺はグラスを呷《あお》る。

「おまえによく言われてただろ。優しすぎるって。それってつまり、弱いってことだもんな」

「章、僕はそういうつもりで言ったんじゃ……」

わかってるよ、と俺は七五三野を見て笑った。

「おまえに他意がないことくらい、ちゃんとわかってる。でも、検事だの弁護士だのって仕事は優しいだけじゃやっていけない。ある程度の割り切りと、打算がどうしても必要になってくる。特に弁護士はそうだ。自分が誰を弁護するかによって、ときに法を捻《ね》じ曲《ま》げるような解釈も必要だ。それができなきゃ、依頼人の利益を損なう事態になりかねない」

手の中で、グラスの氷がピシリと鳴いた。

透明なキューブにできた亀裂を見つめながら、俺は静かに続ける。

「そういう仕事は精神的にタフでなきゃ、やっていけない。おまえみたいにタフでクールでなきゃ。俺のように自分の感情に踊らされる人間ではだめだ」

「章……」

「べつに自分を卑下してるわけじゃないぞ？　単に向き不向きの問題だよ。俺は向いていなかった。それだけの話」

喋りながら、七五三野の顔がまともに見られないのは、俺の心のどこかに屈折した思いがあるからなのだろう。

俺は弱い。

不向きだったと言えば体裁はいいが、要は挫折したのだ。

「――正直に言っていいいか」

七五三野の声に、俺はグラスから視線を上げた。隣に座る男を見ると、いつでも真摯《しんし》な瞳が、ひときわ真っ直ぐに俺を見つめている。

「……なんだよ」

「僕の知る人間の中で、おまえほど寛容な人間はいない。人はよく『話せばわかる』と言うが、実際にそうしている者はごく僅《わず》かだ。人間という生き物が、本当に話し合いが得意で、理性的だったら、世の中にこれほどの争い事は起きていないはずだ。そうだろう？」

まあ、世界のあちこちで戦争は起きているわけだし、隣の犬の吠《ほ》えるのがうるさいというだけでもケンカが絶えないご近所さんもいるわけで——確かに、言語を駆使する生き物としては嘆かわしいほどに、人は話し合わない。

「人が真面目に話し合うのは、自分の金が絡むときくらいだ。あとは、せいぜい話し合うふりをするだけの人間が多い」

「相変わらず辛辣《しんらつ》だなぁ」

俺は小さく笑ったが、七五三野の顔は真剣なままだった。

「だがおまえは話し合うことから逃げない。検事のときも、弁護士のときもそうだった。被疑者や依頼人と真剣に向き合い、話し合い——自分をすり減らしていた」

指摘され、俺は苦く笑うしかない。七五三野の言うとおりだ。

「他にやり方を知らなかったんだよ」

「僕はおまえの性格を知っていたから、心配だった。いつかおまえが壊れてしまうんじゃないかと思った。実際、この仕事で身体や心を壊す者は少なくない。だから、正直、おまえが弁護士をやめたと知ったとき、少しほっとした」

「なんだよ、それ」

俺はグラスをテーブルに置き、苦笑しながらソファに寄りかかった。二日続けて飲んでいるせいか、酔いが回るのが早い。

「もっと穏やかな生き方があるなら、それもいいと思っていた。おまえは頭もいいし、民間の企業でだっていくらでもやっていけるだろうし。なのに、なんだって、交渉人なんだ。それくらいなら民事専門の弁護士でもやってくれてたほうが、まだ安心だ」

「安心って……七五三野、おまえ俺のおかーさんじゃないんだから」

笑いながら言うと、七五三野は眉を寄せて俺を睨む。

「友人の心配をしたらおかしいか」

「いや、おかしくはないよ。ありがたいとも思う。でも、前にも言ったけど、俺はこの事務所が気に入ってるんだよ。もう、菊とかひまわりのバッジをつける気はないんだ」

六法全書を携えず、人と人の間に立って、話し合う。

基本的に、俺は依頼をほとんど断らない。だから小さな仕事も多い。夫婦ゲンカの仲裁なんてのもある。離婚の交渉ではなく、あくまで仲直りのための交渉だ。小学生がやってきて、「お母さんに新しいゲーム機を買ってくれるように交渉して」と頼まれたこともある。さすがに小学生から金は取れないので、アドバイスだけしてやった。お母さんがきみにゲーム機を買ってあげたくなるように仕向ければいい、たとえばお手伝いを進んでするとか――そう教えてあげた。あの子はどうしただろう。ゲーム機は買ってもらえただろうか。

「楽しいよ、この仕事は」

俺は微笑み「あんまり儲からないけどな」と言い添える。

七五三野はまだしょっぱい顔でグラスをカラカラと揺すった。

「章、僕は知ってるんだぞ。おまえは交渉人になってから、ヤクザに拉致《らち》されたり、ケンカ沙汰に巻き込まれたり、アパートの二階から落ちたり」

「落ちてない。ぎりぎりで落ちてないって」

「そうだったか？　とにかく、さんざんじゃないか。おまけに、よりによって周防組《すおうぐみ》の若頭なんかと……」

ゴホン、と七五三野が咳払いをする。俺もその点についてはいささか言及しにくいので、黙って鼻の下なんかを掻いてみる。

「本気、なのか」

七五三野に問われた。

さすがに俺も「なにが？」と惚《とぼ》けられるほど、図々しくはない。かといって本当のことも言えない。なぜなら七五三野に叱られそうだからだ。ちなみに本当の答えとは「わからない」であり、七五三野は「わからないくせに、ヤクザとつきあっているのか」と俺を問い詰めるだろう。

でもホント、わからないのだ。

そもそもこの場合の「本気」ってなにを示すのだろうか。男女だったら「結婚を前提としたおつきあい」がひとつの指標になるのだろうが、男同士の場合は？

同性間の場合、結婚の代わりに考えられるのは養子縁組だ。

その場合は年長者の戸籍に、年少者が養子として入ることになる。つまり兵頭が俺の息子……ないないないない。ありえない。あんな息子は勘弁だ。

「章」

「えーと……」

返答を待っている七五三野に、どう言うべきか。

窮《きゅう》した俺は、思わず目の前にあった魚肉ソーセージを取り「食う？」と七五三野に差し向ける。

七五三野は呆れたように俺とソーセージを交互に見つめ、やがて溜息交じりにソーセージを受け取って、透明なフィルムを剝き始めたのだった。

4

シャッ、と軽やかな音がして試着室のカーテンが開いた。

「どうっ？　可愛い？　可愛いかなあ。可愛いよねっ？」

試着室の中で、アヤカが腰をくいっと捻《ひね》ってポーズを決めていた。そう畳みかけるように聞かれれば「か、可愛いよ」としか答えようがないではないか。いや、実際可愛い。顔もスタイルもいいんだから、そりゃなんだって似合うさ。似合うんだけど……。

「あのー。でも、ちょっと襟《えり》ぐりが開きすぎのような……」

アヤカが着ているのは身体にぴったり沿った黒のニットだ。Vネックの胸元と裾《すそ》にはモチーフ編みのお花が飾られている。

「えー、そーかなー？」

みよん、と襟ぐりを引っ張ってアヤカが考える。うわ、そんなに引っ張ったら下着が見えるってば！　とオジサンはひとりであわあわしてしまったのだが、それらしきものは見えない。なんつうの、ほら、レースの端っことか、そういうのを期待、いやいやいや危惧していたんだけど、ぜんぜん見えないのだ。

こうも見えないというのはもしかして、最初からつけていないとか……そう考えて観察してみると、アヤカが動くたびにぶるん、と素晴らしく弾力のある揺れ方をしているような。……だめだ。観察なんかしちゃだめだ。

「これ輸入物だからさー。向こうのって、結構がばっと開いてるんだよ。そのほうが可愛いし。ほらほら、ね？」

アヤカが俺に向かって胸を突き出し、腰を落とす。わかる人にはわかる、懐《なつ》かしの「だっちゅーの」のポーズだ。俺はろくにアヤカを見もせず「うんうん、そうかもな。いいんじゃないかな」と返事をした。

見たい。でも見ちゃいけない。

くそう、スケベなおっさんになりきれない自分が悔しい。

ひっつみ鍋《なべ》から二週間あまりが経過し、カレンダーは十一月に替わった。

風もすっかり秋の冷たさになり、俺は今日、今秋初めてのハイネックを着た。ちょっと細身のパンツに、この秋に新調したジャケットを着ている。デートだからおしゃれしてきてね、とアヤカに請われ、伸びがちな鼻の下を引き締めて六本木《ろっぽんぎ》まで出向いたのだ。

デート、というのは正しくない。俺はデートの相手ではなく、スポンサーである。

鍋の一件で迷惑をかけてしまったアヤカに、なにか罪滅ぼしをしなければと思ったのだ。本人の意向を聞くと「じゃ、服買って」と言われたわけである。

「可愛いよねー、これ。デザインも凝《こ》ってるしさあ。これにしようかな」

「うん。なんでも好きなのでいいから」

視線を彷徨《さまよ》わせながら俺は言った。ショップの店員も「よくお似合いですよ」と褒めている。

アヤカは「じゃ、脱ぐね～」と再び試着室に戻る。

カーテンが開いたのは、三分くらいあとだろうか。

もとのチュニックにスキニーデニムという格好に戻ったアヤカは、小首を傾《かし》げて「やっぱりやめる～」と言いだした。

「え、気に入ったんじゃないのか」

「んー。なんか、もうひとつパンチが足りないんだよね～」

さっきまでの浮かれ顔はどこへやら、ブーツを履《は》き終《お》えるとさっさとニットを店員に返してしまった。店員も実に残念そうな顔だ。

そのとき、俺には見えてしまった。

一瞬だったけれど……値札が見えたのだ。思わず我が目を疑った数字は八万四千円。ニット一枚に八万？　それってどこの家賃？　というか、このセレクトショップはそういう価格帯の店なのか？　カジュアルなラインナップだから、もっと財布に優しい設定かと思っていたのだが……

女性の服は謎だ。

俺とアヤカはショップを出る。

俺の腕にぶらさがるようにして歩きながら、アヤカは「なんか選ぶの疲れちゃったあ」と笑う。

「考えてみれば服はいっぱい持ってるしさあ。ねえねえ、なんか甘いものごちそうして。ケーキ五個くらい食べたい」

「……アヤカちゃん、その、遠慮しなくていいんだぞ？」

「遠慮ぉ？」

「確かに俺はしがない交渉屋だけど、約束は守る。さっきの服、似合ってたじゃないか。まあ、高かったけど、あれくらいなら、なんとか……どうにか……」

苦しげな俺にアヤカが「値札、見えたんだ」と笑った。

「あたしも試着室で見て、ちょっと驚いたの。あれはだめだよ。芽吹《めぶき》さんがホントにあたしのカレシか、でなきゃお金目当てでつきあってるオジサマだったらおねだりするけど。でもあれは、友達に買ってもらうにも高すぎるもん」

「友達？」

うん、とアヤカは頷いて、俺を見上げた。

「だめ？　風俗嬢の友達なんかいらない？」

「なに言ってるの。そんなこと思うわけないだろ」

「あたしバカだし。高校もろくに行ってない」

「それも関係ない」

俺はきっぱりと言い切った。

「友達になるのに、履歴書出したりしないだろ？　俺のほうこそ、こんなオジサンが友達でいいのか、聞きたいくらいだ」

「歳《とし》も、関係ないよ」

アヤカがマスカラたっぷりの睫《まつげ》をパシパシさせて言う。

「さゆりさんだって、ずっーと年上の友達だし。信頼できるかどうかだよね、友達は。……あたしみたいな仕事してるとさあ、同業以外の友達ってできにくいの。地元の友達に会っても、今なにしてるかはやっぱ言えないしさ」

「そっか……」

「男友達なんか絶望的だよ。下心見え見えの奴ばっか」

その台詞《セリフ》にちょっと心が痛んだ俺である。いや、下心はない。断じてない。アヤカとどうこうとか、それは本当に思っていないのだ。胸や尻に目がいってしまうのは単なる条件反射だと考えてほしい。膝を叩くと足がぴょんと上がるアレみたいなもんだ。

「あたしが信用してる男って、今は兵頭《ひょうどう》さんと芽吹さんくらいかな」

「あ、やっぱり兵頭も入るんだ」

「そりゃそうだよ。よその店から来た子、みんな驚くもん。ウチの店があんまり真っ当だから。それも兵頭さんが仕切ってるからだよ？」

相変わらず、兵頭は従業員から絶大な信頼を寄せられているらしい。

まあ、あいつが仕事熱心なことは俺もわかっている。ヤクザの仕事熱心がいいのか悪いのか、ちょっと考えどころではあるが、少なくとも堅気に手は出していないようだ。あるいは、俺の耳に入っていないだけか……そのへんは、あまり考えないようにしている。考えすぎると、ドツボに填《はま》りそうだ。

たぶん——俺と兵頭が理解しあうのは難しい。

生き方も考え方も、あまりに違いすぎるから、それは当然だ。

理解しあっていないのに寝ているという現実は、未《いま》だに俺を戸惑わせるときがある。自分でもこの調子なのだから、七五三野《しめの》が俺を問い詰めるのも無理はない話だ。

「あっ、あのカフェ美味しいんだって。雑誌で見たよ！」

アヤカに引っ張られるようにして、俺たちはカフェに入った。女の子ばかりの可愛いお店で、オジサンな俺は多少浮いていたが気にしない。俺はふたつ、アヤカは三つもケーキを食べ、ロイヤルミルクティーもおかわりしてご満悦だ。

結局、アヤカは服を買わなかった。半日楽しく過ごせたからそれでいいと笑う。

「芽吹さんみたいに、賢くて優しそうな人とデートしたの初めてだよ。すごい楽しかった」

などと、オジサンの涙腺を刺激することを言ってくれる。本当にいい子だ。ナンバーワンの人気は身体だけではなくこういった性格にもよるのだろう。

やきとり屋で気軽な夕食を一緒に食べ、夜の九時過ぎにアヤカをタクシーに乗せて見送った。

夜の六本木は久しぶりだ。俺も今日は仕事に戻る予定もなかったので、街をうろついてみる。変遷《へんせん》の激しい街を自分の足で歩くことも、たまには必要だろう。

あてもなく、外苑東通《がいえんひがしどお》りから一本入った歓楽街を進む。クラブの客引きが目につくが、歌舞伎町《かぶきちょう》ほどの強引さはなかった。俺にも声がかかるが、笑ってかわし続ける。この手の店にひとりで行くほど酒好きではない。

ふと、背後に気配を感じた。

同じ方向に歩く人たちは他にもいるが、この人物は妙に近い。俺が急に止まったら、ぶつかりそうな距離にいるのだ。

誰だろう。しばらく無視していたが、ずっとついてくる。尾行にしては近すぎる。

不気味だった。

仕事柄、後ろから急に刺される可能性はゼロではない。だが殺気のようなものは感じないのだ。まるで、俺に気がついてほしいかのような距離感……俺が立ち止まるのを待っているのかもしれない。

「——芽吹先生」

なかなか止まらない俺に業《ごう》を煮やしたのか、声がかかる。若い男の声だ。

「久しぶり。ぜんぜん変わってないね」

男にしては甲高い、癖のある声。

すぐにわかった。忘れられるはずがない。俺が振り返ると、相手はすぐ近くに立っていた。

「──朝比奈《あさひな》くん」

「へえ。俺のこと、覚えてるんだ」

うっすらと笑みを浮かべ、朝比奈亘《わたる》が俺を見ていた。

口元は引き上がっているが、目は笑っていない。シンプルだが、素材のよさそうなジャケットと細身のパンツ。色を抜いた髪は俺よりもいくらか長い。だらしがないというほどでもないが、堅い勤め人という雰囲気ではなかった。背後にもうひとり、体格のいい若者が立っている。

「驚いた。なんだか雰囲気が変わったな」

緊張を解かず、それでも微笑を作って俺は言った。

「そう?」

頷くときに、少し首を傾げる癖は以前と変わっていない。けれど二十二のときにはまだ子供っぽさがあった顔は、すっかり精悍《せいかん》になっていた。あの頃よりも痩《や》せ、頬がこけている。顔色もあまりよくない。

なにより、目が違う。当時の彼には、若者特有の自分勝手な愚かさが窺《うかが》えた。けれど同時に、そんな自分を反省する素直さも持ち合わせていた。自らの罪を認め、亡くなった恋人とその家族に心から謝罪をし、泣き崩れた。

あのときの涙で濡れた目に比べ——今の朝比奈のなんと乾いていることか。笑っているのは口元ばかりで、無感動な目が俺をじっと見ている。

「五年経てば、変わるよ」

「そう、だな。かっこよくなった。女の子にもてるだろ」

俺が軽口を言うと、朝比奈は「どうかな」と唇を歪ませる。

「寝るだけの相手なら、それなりにいるけど。……ねえ、飲みに行こうよ」

煙草《たばこ》を咥《くわ》え、朝比奈が誘う。

「五年ぶりに、あのときの御礼をするからさ。ホント、芽吹先生には感謝してるんだ。刑務所に入らなくてすんだんだもんな」

親しげに振る舞おうとしているが、同時にピリピリした空気が感じ取れた。朝比奈が俺を値踏みしているのが伝わってくる。

「礼には及ばない。俺は弁護士として、当然の仕事をしただけだ」

「懐かしい話をしようぜ？　いい店知ってるんだ。可愛い子も揃ってる」

「ありがとう。でも、今夜はやめておくよ」

俺はあえて明るく言った。

彼らは明らかに俺をつけていた。尾行というのは、好意的な行動ではない。どこから尾行されていたのかも気になる。しかも朝比奈の名前は先だって斎藤《さいとう》から聞いたばかりなのだ。

その朝比奈が五年ぶりに突然現れる——あまり愉快な符合《ふごう》ではなかった。

「なに、冷たいなあ、先生」

「もう弁護士はやめたから先生じゃない」

「知ってる。交渉人になったんだよな」

どうして知っているんだ、とは聞かず「そうなんだよ」と笑みを消さずに答えた。朝比奈は俺のことを調べたらしい。なぜそんなことをする必要があるのだろうか？

「ほんの一時間でいいからさ。つきあってよ」

「いや……」

朝比奈が近づき、俺の肩に腕を回す。背丈も伸びたようで、俺よりいくらか高かった。酔っぱらいが戯れるように、俺に凭《もた》れかかって朝比奈は言った。

「斎藤の話もあるし」

掠《かす》れた囁《ささや》きに、俺は笑みを消して朝比奈を見た。朝比奈は指に挟んでいた煙草を吸い、俺たちの前に白い煙が流れる。

「……朝比奈くん、きみは……」

「こんなとこでする話じゃないだろ？　ほら、行こうぜ。トシ、いつもの店にルーム空けとけって電話しろよ」

朝比奈が命令口調で言うと、トシと呼ばれた男は黙ってポケットから携帯電話を取り出す。

俺は覚悟を決めた。ここで強く拒絶すれば、彼らは二度と俺に接触しない可能性もある。斎藤の名が出るということは、朝比奈はやはり詐欺グループに関わっているのだ。

いや、彼らこそが中心人物なのかもしれない。

俺は警察ではない。一介の交渉人にすぎない身で、詐欺グループ摘発を意気込むつもりもない。

だが朝比奈は、かつて俺が弁護した青年だ。このまま放置はできなかった。

連れていかれたのは、座っただけで数万は取られるであろうという高級クラブだった。

朝比奈とトシ、そして俺はＶＩＰルームに案内される。毛足の長い絨毯《じゅうたん》の上に、革張りのコーナーソファが置かれた一室だ。とびきりレベルの高い女の子たちがすぐに席についてくれる。

朝比奈は両側に美女を侍《はべ》らせ、にやにやと向かいに座った俺を眺めていた。

「どう、ここ。芽吹先……じゃなくて、芽吹さん」

「ああ、いいね。美人揃いだ」

俺の隣にも可愛らしい子が腰掛けている。スリットの入った鮮やかなブルーのドレス姿だ。

「歌舞伎町より品があるだろ。銀座《ぎんざ》になるとババアばっかしだからね。俺は六本木が気に入ってるんだ」

「羽振りがいいんだな」

「いいよ。ほら」

当然のように答え、朝比奈は左の手首に嵌《はま》る時計を見せた。

「ジェイコブのスカル。ブレゲとか、オヤジくさいし」

「へえ。それ、ダイヤ？」

「もちろん」

文字盤に輝くダイヤから察するに、三百万は下らないだろう。真っ当な二十代の持つ時計ではないが、女の子たちにきゃあきゃあ言われて、朝比奈はご満悦だ。

「すごおい。朝比奈さん、このあいだは車買ったのよね」

「そうそう、ポルシェよね」

「赤くて素敵なの。あたし、一度乗りたいなあ」

朝比奈は高いシャンパンを呷《あお》りながら「じゃあ、こんどみんなでドライブしようぜ」と言い、女の子たちはますます盛り上がる。トシは無口で、あまり酒を飲まない。朝比奈のボディガードなのかもしれないなと俺は思った。

ひとしきり朝比奈のリッチな自慢話がすむと、トシが女の子を下がらせた。

ＶＩＰルームは俺たち三人だけになる。俺はシャンパン一杯のあとはウーロン茶にしたが、朝比奈はいくらか酔ってきているようだった。やや潤んだ目で俺を見据える。

「……相変わらず、色男だよね芽吹さん」

「それはどうも」

俺は平淡に答えた。朝比奈は短くなった煙草を消し、次の一本を出そうとする。

「頭よくて、爽《さわ》やかそうで、いかにも正義の味方って顔してる。なんで弁護士やめたの？」

「向いてないことに、気がついたから」

「ふーん。で、交渉人ってなにすんの？」

なんでも、と俺は答えた。

「交渉事なら、たいていの依頼は引き受けるよ」

「じゃ、俺の依頼も引き受けてくんないかなあ……チッ、カラかよ」

煙草の箱をぐしゃりと潰し、朝比奈はそれをトシに投げつけた。トシは慣れた様子で受け取り、自分の煙草を差し出す。朝比奈はそれをひったくるように受け取った。

「どんな依頼だ？」

俺が聞くと、朝比奈がククッと低く笑う。

「困った奴がいてさあ。俺らの仕事を邪魔するんだよね。このあいだも、新人をリクルートしようとしたら妨害されて」

その新人が斎藤を示しているのは言うまでもない。俺は眉を軽く上げて「へえ」とだけ答える。余計なことを喋《しゃべ》って、相手に情報を与えてやるつもりはなかった。

「ホント、勘弁してほしいんだよ。なあ、トシ」

トシは「そうだな」と短く答えた。どこか他人事《ひとごと》のような声音に聞こえる。ふたりがあまり親しそうに見えないのは気のせいだろうか。

俺はウーロン茶のグラスをテーブルに置き、「もしかして」と朝比奈に聞いた。

「俺が斎藤くんをつけてたとき……きみはあの駅にいたのかな？」

一瞬こちらの気を逸らして、あっというまに受け渡しを終わらせた——缶コーヒーを転がしたのは、朝比奈なのではないか。彼ならば俺の顔を知っているのだ。

「さあ。なんの話だろ？」

忙しなく煙草を吸いながら、朝比奈ははぐらかす。にやついた顔を見ていれば、俺の予想が当たっているのは明白だ。

「回りくどいのはやめよう。朝比奈くん、はっきり聞く。どうしてきみは振り込め詐欺なんかしているんだ？」

「どうしてって」

朝比奈が可笑《おか》しそうに肩を揺らした。

「仕事だからさ。どうせなら儲かる仕事がいいに決まってる。ダイヤだらけの時計も買えるし」

「詐欺は仕事じゃない。犯罪だ」

「俺たちにとっては仕事なんだよ。それで食ってるんだから」

だいたい、と朝比奈は脚を組み替える。爪先の尖《とが》った高そうな靴《くつ》を履いていた。

「騙《だま》されるほうがどうかしてんだよ。危機管理能力低すぎ。俺たちがしてるのは詐欺っていうより、頭脳ゲームみたいなもんだ。こっちだってゲームを考えるのは大変なんだぜ？」

「他人から金を騙し取るのがゲーム？」

ここで怒っても始まらない。俺は静かな口調で聞いた。

「そ。ゲーム。遊びじゃないぜ。本気のゲームなんだ」

「違うよ朝比奈くん。犯罪はゲームにすらならない。ゲームには対抗する両者に開示されたルールというものがある。詐欺にはそれがない。騙す側にとって都合がよすぎる。ルールがないゲームなんか成立しない」

「ルール、ねえ」

ちりちりと燃える煙草の先を見て、朝比奈は呟いた。

「元弁護士さんらしい、ごもっともな意見だけど、俺、もう知ってんだよ。この世の中にはルールなんかない。すべてのゲームは最初から不公平なんだ。配られた手札の数が違うようなもんだ。まともに戦って勝つのは運のいい奴だけ」

不遜な顔で言うと、朝比奈は煙草をトシに返して自分はシャンパンを飲んだ。俺は朝比奈から目を逸らさないまま「それはどうかな」と反論を試みる。

「少なくとも人間社会にはルールがある。厳密には、人間が自分自身でルールを作ったんだ。社会秩序を守るために必要だから、法律というものを発明した。犯罪はそのルールを最初から無視している。ゲーム以前の問題だ」

「は。ご高説どうも」

気怠《けだる》い声で、朝比奈は煙を吐きだす。

「昔は俺も似たようなこと考えてたよ。でも違った。この世を動かしてるのはルールなんかじゃない。もっと単純なもんだ」

「単純な？」

「金、力、人の気分」

金と力はわかる。よく言われることだ。だが、最後のがよくわからない。

「人の気分って？」

「そのまんまさ。たとえ被告人が法廷で無罪になっても、周りの人間が許さないってことはあるだろ」

「社会的制裁ということか？」

「そうそう、そんな感じ」

朝比奈は投げやりに肯定した。

俺の中にもしや、という気持ちが生まれる。朝比奈自身、あの事件のあとで手痛い社会的制裁を受けたのではないだろうか。ありえないことではなかった。

「朝比奈くん、きみは判決のあと――」

「とにかくさあ！」

俺の言葉を遮《さえぎ》り、朝比奈がいきなり声を張った。

「あんたには多少の恩義があるから、教えといてやるよ。俺たちのゲームは、ちょっとばかしでかくなりすぎたんだよね。このゲームを仕切ってんのは俺だけど、出資者は他にもいてさ。下手な手出しをしたら、そいつらが黙ってないぜ」

ヒステリックな脅迫だった。かなり感情の起伏が激しいようだ。以前から短気な傾向はあったが、ひどくなっている。

「……上に、暴力団がいるんだな？」

朝比奈は返事をせず、へっ、と鼻で嗤《わら》った。

「いいか、よく考えろ。連中は暴力と脅迫で利益を生むプロだぞ。そんな連中とつきあっていればどうなるかなんて、目に見えてる」

「そうさ。奴らはプロだ。プロと組んでりゃ、安心して仕事ができる。いろいろと美味しい情報も流してくれるしな」

「バカを言うな。最後にはきみたちが餌食《えじき》になるだけだ。一刻も早く詐欺行為をやめて、暴力団とも手を切るべきだ」

「やめられるかよ、こんな美味しい仕事」

「暴力団の報復を恐れているなら、情報提供の代わりに保護を求めることもできる。きみはまだ若いんだ。やり直しが利《き》く。自首すれば減刑も……」

ガンッ、と大きな音がした。

朝比奈がテーブルを蹴り飛ばしたのだ。シャンパンボトルが倒れ、グラスが砕け散った。物音に驚いて、店の女の子たちが飛んでくる。

「朝比奈さん、どうし……」

「うるせえ！」

目を真っ赤に充血させて、朝比奈は怒鳴った。女の子たちはビクリと震え、VIPルームの扉に隠れる。その背後で、店の用心棒らしき、体格のいい黒服が目を光らせていた。

「うるせえ……ホント、うるせえ。あんたつくづくウザイんだよ芽吹さん。こっちはあんたのことなんかすっかり忘れてたのに、今頃になってちょろちょろしやがって」

「うざくて結構」

臆《おく》せず、俺はきっぱりと言い放った。

「あれからきみになにがあったのかは知らないが、今のきみが間違っているのは確かだ」

「なにが正しくて、なにが間違ってるのかは俺が決めんだよッ」

「自分のいいようにルールを変えたゲームか？　そんなもの勝つのは当然だ。それで楽しいのか？　そうだとしたら、相変わらずきみは世間知らずの坊ちゃんだな」

「この野郎ッ！」

熱《いき》り立《た》った朝比奈が俺に摑みかかろうとする。それを止めたのはトシだ。小さな声で「こんなとこで騒ぐのはまずいって」と腕をしっかり摑み、もとの位置に座らせる。

朝比奈は「わかってるよ。くそ」と悪態をつき、乱れた前髪を神経質な手つきで直す。

「とにかくさあ。これ以上、俺たちの周囲をうろつかないでくれ」

前髪をしきりに弄《いじ》りながら、朝比奈は言った。

「警告するために、俺をつけてたのか」

「あんたが正義感が強いことは知ってるさ。けど、世の中には正義だけじゃどうしようもないことだってあるだろ?」

知ってるとも——俺は目線でそう答えた。

正義なんてものは、ある意味幻だ。時代と人によってくるくる変わり、はっきりした手応《てごた》えなんかない。俺だって、本当の正義がなんなのか、答えようもないし、まして法律が正義だなんてとても言えやしない。

法にしろ律にしろ、所詮《しょせん》、人間の作ったものなのだ。穴だらけに決まってる。

「行けよ」

朝比奈が出口を示した。

確かに、これ以上ここにいても乱闘騒ぎになるだけだろう。俺は言われるままに立ち上がる。

朝比奈が俺の背中に向かって「なにしても、無駄だぜ」と上擦った声をかける。

「あんたや斎藤がなに喋っても、無駄だ。俺たちはバカじゃねえ。なあ、トシ?」

トシは「そうだな」と短く答えた。

悔しいが、言うべき言葉が見つからなかった。

今の俺にできるのは、色とりどりのドレスを着た女の子たちの間をすり抜け、無言のままクラブを出ることだけだった。


朝比奈と会った数日後、俺は事務所でぼんやりしていた。

急ぎの仕事はない。さゆりさんは役所へ書類を届けに行っている。キヨも暇らしく、デスクの上でジグソーパズルをしていた。なんだかとても静かで、普段は気にならない空調の音がやたらと響いて聞こえる。

朝比奈の件は、誰にも話していない。七五三野にもだ。

この数日、俺ひとりでできる範囲で調べ、わかったことがいくつかある。

事件の翌年、朝比奈の父親は心筋梗塞《しんきんこうそく》で亡くなっていた。その直前に社長職を辞任している。表向きは病気のためとされていたが、業界通の人物にアクセスしてみたところ、実際はトップの座から引きずり下ろされたらしい。以前から社長派と常務派の対立があったようだが、息子の起こした事件が引き金になったのだろうと話してくれた。当時のいざこざは一部のメディアにもすっぱ抜かれ、息子の事件の経緯とともに雑誌に掲載されていた。

『前社長の長男は恋人を階段から突き落として死に至らしめた』――きつい言葉で読者の興味を煽ろうとするだけの誌面だ。朝比奈の判決が過失致死だったことは、最後のほうに申し訳程度に添えてあるだけ。タイトルしか読まなければ、朝比奈は故意の殺人者のようだ。

当時彼らが住んでいた立派な自宅も、とっくの昔に売りに出されていた。

母親は事件ののち、重い鬱病《うつびょう》に罹《かか》り入院した。

退院後は実家へ帰って、療養していると聞いた。実家の住所がわかったので、昨日出かけてみたのだが、そこはコインパーキングになっていた。近所の人に聞いてみると、三年前に朝比奈の祖母が亡くなり、そのときに家と土地が売り払われたそうだ。朝比奈の母について語ってくれた人はいなかった。彼女について知っているが、話したくないという素振りの人がいたくらいだ。

また、朝比奈には三歳上の姉がいて、五年前には婚約中だった。その婚約も破棄されている。元婚約者宅に電話してみると、冷たい声で言い放たれた。殺人犯の身内と結婚できるはずがないでしょう――俺は努めて冷静に「殺人犯ではありません。過失致死罪です」と訂正したが、言葉の途中で電話は切れてしまった。

結局、姉の行方もわからない。

バラバラだ。

朝比奈の家族はバラバラになっていた。俺が他の仕事にかまけている間に。

ずん、と下腹に重く響くパンチを受けたような気分だった。

こういった現象そのものは、珍しくない。過失であれ、誰かを死に至らしめてしまった場合、加害者の多くは転居する。周囲の視線に耐えきれなくなるからだ。

人間というのは残酷にできている。

あの家の息子は恋人を殺したのよ——そんな噂が広まるのはあっというまだ。それが殺人なのか、過失致死なのかにまで言及する者がどれくらいいるだろう。

マスコミがでかでかと記事を扱うのは、事件発生の直後だけだ。『別れ話に逆上』『美人女子大生』『突き落とされ』『殺してやると叫び』など、人目を引く見出しが並ぶ。長い裁判を経て、最終的に判決が下される頃には、マスコミはもう新しい事件を追いかけている。事故だった、殺意はなかった、裁判所もそれを認めた……そういった結末を知る者など、当事者以外にはほとんどいないのだ。

そんなことは当然だと憤《いきどお》る人もいるだろう。

過失だろうと、故意だろうと、人を殺《あや》めたのだ。社会的制裁を受けるのは当たり前だと。被害者の気持ちを考えろ、だいたい日本の法律は加害者に甘すぎると。

そうなのかもしれない。仮に、俺がもし自分の大切な人……家族はもういないが、友人や仲間を殺されたら、たとえそれが過失であったにしろ、加害者を強く憎むだろう。法の裁きが執行猶予を与えたとしても、心情的に許せないかもしれない。相手をぶん殴りに行くかもしれない。場合によっては殺意も抱くだろう。

だがそれを実行すれば、俺自身も犯罪者となる。

そうなってもいいから加害者を殺したいと思ったときは、もうどうしようもない。元法律家として問題のある考えかもしれないが、本当にどうしようもないのだ。遺族にしかわからない気持ちというものがあり、それは綺麗事の言葉では解決しない。

しかし、被害者の遺族が「加害者を許せない」と訴えるのと、なんら関係のない第三者が「加害者を許せない」と言うのは意味が違う。第三者は被害者でもなければ、その遺族でもない。法律の専門家でもなければ、当事者の罪と罰を語るほど、事件に精通しているわけでもない。無責任な立場ゆえに、声はやたらと大きくなりがちだ。

社会的制裁は自然と発生する。それは止められないし、場合によっては必要なものだ。けれど、暴走させてはならない。

悪者というレッテルが貼られている加害者をバッシングするのは容易なことだ。正論を振りかざし、悪者を叩く自分こそが「正義」であると勘違いしやすい。いつのまにか、被害者のためのバッシングではなくて、単に自分の「正義」への自己陶酔にすり替わりかねない。

「……自己陶酔、か」

俺はぼそりと呟いた。他人事ではない。俺だって、自己陶酔しないとは言い切れない。無意識のうちに、正義の味方を気取っている傾向があるんじゃないか？

「なんか言った？」

キヨがジグソーパズルから顔を上げて聞いた。事務机の上はパズルのピースだらけで——よく見ると、ピースは全部真っ白である。

「それ、なんのパズルなんだ？」

「牛乳」

「は？」

「白いだけだから、牛乳パズルとかミルクパズルって呼ばれてる。難しい」

そりゃそうだろう。絵柄の手がかりが一切ないわけだから。しかし、キヨの指は結構な速さでピースを組み合わせていく。俺だったら何年かかるかわからない。

「自己陶酔とか、言ってなかった？」

パズルを続けながら、キヨが平淡に繰り返す。興味などなさそうな口調に聞こえるのだが、それはキヨの喋り癖みたいなものだ。本当に無関心だったらこんなふうに聞いてはこない。

「ああ……なんかさ、こう、自分に酔っちゃう瞬間ってないか？」

「俺ってすげえ、みたいな？」

「すげえ、ならいいんだけど……俺えらい、とか、俺は正しい、俺が正義だ、みたいな感じ」

キヨはピースを弄りながらしばらく考え「ない」と答えた。俺は素直にウンと頷く。この青年が自分に酔っているところなど、今まで見たことがない。

「……あんまり、考えないから」

「ん？　なにを？」

「正しいか、どうか」

「そうなのか」

「ん」

ぱちん、とまたひとつピースを嵌めて「たぶん、俺」とキヨは続けた。

「正しいかどうかより、好き嫌いでものを決めてる……でも、嫌いな人でも無闇《むやみ》に傷つけるのはまずいんだろうなって、思う」

キヨにしては長文である。俺は「うん。まずいな」と素直に頷いた。

「……芽吹さんはさ」

キヨの肘が当たって、ピースがひとつ床に落ちた。こっちのほうへと転がってきたので、俺は立ち上がって白いだけのピースを拾う。

キヨの手のひらに、ピースを渡す。身長が一九〇近いキヨは手のひらもやはりでかい。横に立つ俺を見上げ、もう一度「芽吹さんは」と繰り返す。薄茶の瞳は綺麗だけれど、なにもかも見透かされていそうでちょっと怖い。

「自己陶酔っていうより、自己暗示かも」

「自己暗示？」

「ン。……ものすごい勢いで自分に言い聞かせてるみたいな……」

ぎくりとした。

どういう顔をしたらいいのかわからず、意味もなく笑みを作ってしまうほどに動揺した。

「あはは……そうかな。なにを言い聞かせてんのかなあ、俺」

キヨは鋭い青年だ。俺の動揺を見抜いて、しまったという顔をした。自分が余計なことを言ったと思ったのだろう、下を向き「よくわかんないけど」と口籠《くちご》もる。

俺にはわかっていた。

自分のことだから、わかる。わかっていても気がつかないふりをしていた。いちいち意識していても仕方のないことだと、心のタンスの奥の奥へと無理やり突っ込んでいた。

信じること。

誰かを、信じること。あるいは自分を。

自分は、他者を信じられる人間だと——信じること。

それが俺の自己暗示だ。強く強く、自分に言い聞かせていることだ。もしも俺が、ごく自然に他者を信じられる人間だったら、そんな強い人間ならば、この自己暗示は必要ない。実際は逆なのだ。俺は弱い。人を信じる勇気に欠けている。だから自分に暗示をかける必要がある。

「そうか……俺は、自己陶酔以前なのか……」

自己暗示で手一杯で、そういう自分に酔う余裕はまだないわけである。

「芽吹さ……」

「いやいや平気。大丈夫。ちょっとドキッとしたけど、なんかスッキリもした」

キヨの肩をポンと叩いて俺は言った。嘘ではなかった。自己暗示が強いという指摘はショックではあったが、本当のことなので仕方ない。それに、自己陶酔よりはいくらかマシな気もする。

「俺は他人を信じられるできた男だぜ！」と自分に酔うより、「俺は他人を信じられるようになるぞ、なるぞ、なるぞ……」と呻いているほうが、まだいいだろう。なんかレベルの低い闘いだけど。

「あの」

キヨが少し慌てた様子で俺の手首を摑む。

「俺は好きだから」

「え」

「そういう芽吹さん、好きだから」

「あ……いや……その……あ、ありがとう……」

口ベタ青年に突然告白されてしまい、俺はどぎまぎと慌てた。

もちろん、変な意味ではないのはわかっている。

人間として、勤め先の上司として、好き。そういう意味である。キヨのほうも、勢いで言ってしまったはいいが「あれ、俺、変なこと言ってる」と気がついたらしい。俺の手首を摑んだまま、顔が真っ赤になった。表情のバリエーションは少ないが、実はナイーヴな青年なのである。

そして、赤くなるキヨにつられて、俺の顔までどんどん熱くなってくる。

わあ、なんだろうこの甘酸《あまず》っぱい空気……。

俺が照れ笑いを浮かべたとき、ギッ、と音がして事務所の扉が開いた。

さゆりさんだと思った。そろそろ帰ってくる頃だったのだ。しかし、顔を真っ赤にしている俺たちを見つけて、剣呑な声を出した人物はふたり。

「――なにしてんだ、てめえら」

「――なんなんだよ、あんたら」

キヨが表情を凍らせてバッと手を放す。

俺も握られていた手首を咄嗟に後ろに隠し、一歩退《ひ》いてしまった。そんな動きをするほうがよほど怪しいのだが、後悔はいつも先に立たないものだ。

事務所の入り口で、咥え煙草の兵頭と、小さいながらもきついメンチを切っている智紀《とものり》が仁王《におう》立《だ》ちしていた。

5

綺麗な女性だった。

真っ直ぐな黒髪を伸ばし、広い額の下に意志の強い瞳がある。唇はリップラインできっちり輪《りん》郭《かく》が取られ、艶《つや》のあるピンクベージュで彩《いろど》られていた。濃すぎるわけではないが、隙のない化粧だ。ベースを丁寧に作り、色味は控えて、けれどきちんと効果を発揮するメイクアップ。頭がよく、やや自意識の強い女性だということがわかる。

だが、もしかしたら――頬紅の下は、あまり顔色がよくないのかもしれない。

「私の居場所は、絶対に言わないでください」

なにより最初に、彼女はそう言った。

俺は「わかりました」と答える。視線を逸らさず、この約束が必ず守られることを目で語る。

朝比奈《あさひな》の姉……頼子《よりこ》は神奈川《かながわ》県の海近くに住んでいた。都心から、車で二時間ほどの場所だ。結婚して姓が変わっている。

俺が会いたいと連絡を入れると、最初は断られた。弟さんに関する大切な用件だと伝えると、しばらく迷って、会うと言ってくれた。

「どうやって、私を見つけたんですか?」

当然の疑問に、俺は答える。

「学生時代のお仲間から、何人も辿ってやっとです。以前のご友人とは、ほとんど連絡を取られていないんですね」

「ええ。あんなことがありましたから」

小さく古いが、居心地のよさそうな家で彼女は暮らしていた。趣味なのだろうか、ドライフラワーがいくつも部屋の中に下がっている。枯れた枝で作られたリースもたくさん目についた。あの赤い実はなんといっただろう。

乾ききった枝から、赤い実が音もなく一粒だけ落ちる。

「……どうぞ」

彼女は紅茶を淹《い》れ、俺の前に置いてくれた。俺は頭を下げ、彼女が腰掛けるのを待ってから、できるだけ静かに尋ねた。

「お母様と、ご連絡は?」

「年に数度……」

「ご病気だったと聞きましたが」

「今もです。心の病は簡単には治りません」

彼女は淡々と答える。意識的に自分の感情を押し殺しているように見えた。

最初のうちはテーブルの木目ばかり見ていたが、ふいに顔を上げ、

「弟のことでいらしたとか」

俺に向かってそう聞いた。いくらか早口だった。

「はい。亘《わたる》くんのことで」

「楽しい話ではないのでしょうね」

「残念ながら。……でも、頼子さんの協力があれば、事態はいい方向に進むかもしれません」

俺は彼女に話した。

詳しく、というわけにはいかないが、朝比奈が犯罪に関わる仕事に手を染めていること。手遅れにならないうちに、なんとかそれをやめさせたいと思っていること。

「まだ、間に合います」

俺の言葉に、彼女は僅《わず》かに眉を寄せた。そうでしょうか、と問いかけるような表情だった。

「私はしょせん元弁護士にすぎません。私の言葉より、ご家族の言葉のほうが亘くんの心にずっと響くはずです。誰かが自分を案じていると知れば、彼も考え直してくれると思います」

彼女は紅茶のカップを取り、音を立てずにひと口だけ飲んだ。その動きがあまりに静かすぎて、俺はいやな予感を覚える。

彼女の心はもう決まっているのではないだろうか。俺と会ったのは、それをはっきり伝えるためなのではないか……そんなふうに感じられたのだ。

「私は――弟の身を案じていません」

「頼子さん、それは……」

「あの子がどうなろうと、それはあの子自身が招いた結果です。私は関与したくありません」

「しかし、ご家族です」

食い下がる俺に、ええ、と彼女ははっきり頷いた。

「家族ですよ。肉親です。だからこそ、降りかかる火の粉は大きかった。あの子が恋人を死なせてしまうという事件が起きて、なにもかも変わってしまった。私は不思議でなりませんでした。どうしてマスコミの人たちは、加害者の家族の言葉をああも欲しがるんでしょうか。いったいなにを言わせたいんでしょうか。テレビを通じて、日本中に謝れということでしょうか。あんな息子に育ててすみませんと？　うちの弟がとんでもないことをしてごめんなさいと、カメラの前で土下座すればよかったのでしょうか？」

俺はなにも答えられなかった。

ひどいですね、と同調することすら躊躇《ためら》われる。頼子の中で事件は終わっていないのだ。あの頃に受けた傷から、まだ血が滲《にじ》んでいることが、ひしひしと伝わってくる。

「裁判が終わったら落ち着くのかと思ったら、逆です。人ひとり殺して、刑務所にも入らない……それが許せない人が、大勢いたようです。家の電話やファクスは鳴りっぱなし、窓ガラスは何枚割られたかわかりません。私のこの傷は」

細い手がスッと上がる。肘近くに、引《ひ》き攣《つ》れた傷跡があった。

「飛んできたガラスで切ったものです。七針縫いました。ご存じかと思いますが、婚約も破棄されました。会社も辞めざるをえない状況になりました」

「それは」

慰めの言葉をかけようとした俺を「いいんです」と強く遮《さえぎ》る。

「そんなことは、いいんです。私は我慢できます。でも、母は耐えられませんでした。もともと神経の細い人だったので、ひとたまりもありませんでした。亘を産んだ自分が世間にお詫びするのだと、何度か自殺を図りました。父は父で、会社から放り出されたも同然で……うちはもう、ボロボロの状態でした」

頼子の唇が歪み、一瞬泣き笑いのような顔になる。目を閉じ、ひとつ呼吸をして、彼女は再び語り始める。

「いっそ、あの子が、亘が刑務所に入ればよかった。私は、そう思いました」

「頼子さん……」

「ひどい姉ですよね。でも本当にそう思ったんです。あの子に実刑が下されれば、うちへのバッシングはここまで酷くなかったんじゃないか。父が過労も同然の死に方をしたり、母が心を病んでしまったり、そういうことはなかったんじゃないか。そう思ってしまったんです」

すみません、と頼子が詫びる。

「亘のために頑張ってくださった弁護士さんに、申し訳ないと思っています。でも、これが私の本当の気持ちです」

「いえ。私に謝る必要は……」

「本当に、恐ろしかったんです。……まだ会社に通っていた頃、残業で遅くなりました。マスコミの居座りはなくなった頃だったので、少し油断して……ひとりで歩いていたんです。外灯が途切れた場所で、知らない男にいきなり肩を掴まれて、髪を切られました」

ざっくりと――と言い添える。語尾が震えているのがわかった。

「もう少しで、顔も切られるところでした」

「それは傷害罪です。あなたは被害者だ」

「ええ、理屈ではね。でも、マスコミに話題を提供するのはもういやでした。私は……私たち家族は、ひたすら黙って打ち据えられているしかなかった」

ゆっくりと頼子の頭が下がる。さらさらした髪も、重力に従って流れ落ちた。

「ごめんなさい。私は、芽吹《めぶき》さんのご期待に添えません。もう、亘と関わりたくないんです。彼がなにか悪いことをしてるなら、尚さらのこと」

「頼子さん、待ってください」

ここで諦めては、なんのために来たのかわからない。俺はどうにか頼子を説得しようと、身を乗りだして訴える。

「弟さんを、もう一度信じてあげることはできませんか。亘くんは、根は素直な子だったと思うんです。誰かに信じてもらうことで、変われるかもしれない」

だが頼子の返事は「無理です」と敢《あ》えなかった。

「私は弟を信じられないいし、会いたくもないいんです」

「頼子さん」

「まだ、夢に見るんです……髪を切られたときのこと」

今は長い髪に手をやり、頼子は小さく言う。

俺は言葉をなくしてしまった。彼女はできないと言っている。かつて味わった理不尽な恐怖が彼女を今も苦しめているのだ。これ以上、懇願するのは酷だ。

俺は立ち上がり、頭を下げた。帰ろう。もうこの家にいる理由はない。頼子はなにも言わず、立ち上がりもしない。うつろな目で俺を見てもう一度だけ頭を下げる。

誰が彼女を責められるだろう。

たったひとりの弟を見捨てるのかと、誰が言えるのか。彼女にそんな選択をさせたのは誰なのか。彼女は悪かったか？　なにか罪を犯したか？

駐車場から車を出す。

俺は車を持っていない。都内の移動は電車のほうが確実だし、駐車場代や維持費を考えると、必要なときにレンタカーを使うほうが経済的だからだ。

わナンバーの白いボディの小型車に乗り、シートベルトを締める。

帰るか……と心中で呟き、ここが海の近くなのを思い出す。

俺は湘南《しょうなん》道路を目指して車を走らせた。

これってどういう心理なのだろう。映画だの小説だのでも、人は落ち込むとよく海を見に行く。大きな海を目の前にすれば、自分の悩みなど小さいものに思えるのだろうか。あるいは、自分自身の小ささを確認して、ある種の諦めがつくということだろうか。でなきゃ、ひとりきりになって心ゆくまで落ち込みたいのか。

肌寒かったけれど、窓を開けた。潮の香りを感じたかったからだ。道路は混んでいない。ほどなく俺は海沿いの道に出て、公共の駐車場に車を入れた。

車を降りる。

海風が冷たくて、首を竦《すく》める。気温が低いのは当然だ。十一月も中旬の曇り空で、夕刻が近い。車だからと薄着をしてきたのを後悔した。スーツの上から羽織るものがなにもない。それでも俺は浜辺へと向かった。

革靴がザクザクと砂浜を踏む。傾き始めた太陽が、俺の影を砂に描いていた。

「……様にならない……」

ついひとりごちてしまうほど、スーツと海というのは似合わない。こんな姿でうろうろしていると、営業成績が悪すぎて入水を考えているサラリーマンと勘違いされてしまいそうだ。

ぼんやり、海を見る。

風が俺の髪の毛を掻き回す。肩を竦めるのはやめ、俺は真っ向からその風を受けた。頬にぶつかったのは砂粒だろうか。小さな痛みに責められている気分になった。

結構、きてた。

凹《へこ》んでた。打ちのめされていた。

俺はなにも知らなかった。あまりにも、知らなさすぎた。担当弁護士として、もう少し、彼らの事後に気を配ることはできなかったのか。

「……理想論、だよな」

自嘲して、呟く。

あの頃、俺は忙しかった。同時に複数の案件を抱えて、あちこち走り回っていた。ひとりでも多くの人を助けたいと思っていた。眠る間を削《けず》って仕事をし、七五三野《しめの》によくお小言ももらった。

俺が力になれた人は、少なくとも何十人かいたはずだ。

当然、役に立てなかったケースもあった。そんなときはがっくりきて、けれどそこからなにか学ぼうとした。同じ失敗を繰り返すまいと、必死だった。判決が下りた案件について思い返す余裕などなかった。

足音が近づいてくる。

最初に影が目に入った。成人男性のシルエットだ。翻《ひるがえ》っているのはコートだろうか。

潮風がベルガモットのトワレを運んでくる。よく知っている香りだ。最近、俺が選んだんだから間違いない。そいつは俺を強引にデパートに連れていき、自分のためにトワレを選べと迫ったのだ。どうせあんたが一番近くで嗅《か》ぐんだと、耳元でこっ恥ずかしいことまで言いやがった。

しかたないから、選んでやった。

なにもつけていなくても、ムスクに似た香りのする男だ。柑橘系《かんきつけい》と合わせれば、少しは爽《さわ》やかになるだろうと思ったのだ。

「会えたんでしょう、奴の姉貴に」

横に並んで、兵頭《ひょうどう》が聞く。

「……なにしてんの、おまえ」

俺は答えず、海を見たまま逆に聞き返した。

「なにって。落ち込んでる先輩を慰めようかと」

「どうして俺が落ち込んでるって決めてかかるんだ」

「どうしてもこうしても。なんならあんたの背中を写メしましょうか？　どっぷり落ち込みオーラが出てますから」

指摘され、俺は慌てて背筋をしゃんと伸ばした。兵頭をちらりと窺《うかが》うとクスクス笑ってやがる。

長い指でいつもの煙草《たばこ》を咥《くわ》えたが、風が強くてなかなか火が点《つ》かない。

「……なんで俺の居場所がわかった」

「愛の力ですよ」

しゃあしゃあとアホな返答をするので「海に沈めるぞ」と脅《おど》してやる。兵頭はライターを何度もカチカチ言わせながら、横目で俺を見た。

「機嫌が悪いようですね」

「おまえ、俺に誰か張りつかせてるんだろ？　呆れた奴だな。他人に俺をストーキングさせ……いきしッ！」

くしゃみのせいで、文句も最後まで言えやしない。

「風邪ひきますよ」

兵頭がまだ火の点いていない煙草を咥えたままコートを脱ぐ。俺に向かって差し出してきたが「いらん」と突っぱね、プイと横を向いた。

「冷てえな。やっぱり俺よか、あのうすらでかい助手のほうがいいんですか」

またそれか。

先だって、間の悪い場面を見られて以来、兵頭は七五三野だけではなく、キヨと俺の関係まで勘ぐっているらしい。バカじゃないのか。俺がどんだけ男にもててると思ってるんだ。

「あのなあ。キヨとはそんなんじゃないって、何度も説明しただろ」

「どうだかな。あんたは無駄にフェロモン撒《ま》き散《ち》らかすから、危なくてしょうがねえ」

「俺はフェロモンも撒かないし、ホルモンも焼かない」

「今のギャグでますます気温が下がりましたよ。先輩は地球温暖化防止に役立つんじゃないですかね？　北極でシロクマを救えるかもしれない」

あまりくだらないことを言うので、肘で小突《こづ》いてやる。兵頭はにやにやしながらなおも俺にコートを突きつけてきた。

「とにかく着てください。あんたが着てくれないと煙草が吸えねえ」

「は？」

「ほら、早く」

よくわからないまま、押しつけられる。か弱い女の子扱いされたようであまり面白くないが、寒いのは現実だ。袖を通せば、悔しいほどに暖かい。兵頭の匂いと体温が残ったコートは心地よく、二度と脱ぎたくなくなるほどだ。

「襟《えり》立ててください。で、そこンとこ持って。両手で。……そう、そのまま動かない」

カチッ、と俺の顎《あご》の下あたりでライターの音がする。

要するに、立てた襟を固定させ、自分は俺の胸元に顔を突っ込む形で、煙草に火を点けたかったわけだ。俺は風避《かぜよ》けかよ。

兵頭が潮風の中で煙草を吸う。

コートがなくて寒いのだろう、少し肩を竦めていた。

「――朝比奈のことはほっといたほうがいい」

煙とともに吐き出されたのは、予想していた台詞《セリフ》だった。

兵頭がこんな場所まで俺を追いかける理由はそれくらいしかない。朝比奈の詐欺グループは、真和会《しんわかい》となんらかの関係があるのだ。周防組《すおうぐみ》の上部組織である真和会は指定暴力団のお墨付きであり、俺だって、できることなら一生関わりたくないが——。

「ほっとけない」

不機嫌に、そう返した。

ここで知らぬふりを決め込めば、後悔するに決まっている。

「あんたは弁護士として、やれることをやった。そのあと奴がどんな人生を送ったとしても、べつにあんたのせいじゃない」

朝比奈とその家族になにがあったのか、兵頭も知っているようだった。もしかしたら、俺より早く情報を手にしていたのかもしれない。そして、俺がどんな行動に出るのかも、だいたいお見通しだったのだろう。まったく、頭の切れるヤクザってのはむかつく。

「あいつの家族の問題も同じだ。加害者どころか、被害者の家族だってバッシングされるご時世ですよ。あんたひとりでなにができるってんです」

「なにも」

俺は兵頭ではなく、海を見ながら短く返した。

「そうだ。誰だって、なにもできねえさ」

兵頭が俺に近寄る。並んだ肩先が当たった。コートの襟と裾《すそ》が、風に煽られてバタバタとうるさい。遠くで犬が吠《ほ》えているのが聞こえる。

「俺には……なにもできない」

顎を引いて、繰り返す。

「起きてしまったことには、どうしようもない。手の施しようがない。……でも、これからのことなら、まだ変えられる可能性はある」

「先輩」

兵頭の呆れ口調を遮るように、俺は「諦められないんだよ」と告げた。風に負けないように、しっかりと腹から声を出す。

「このままほっといたら、あいつはいつかは捕まる。運良く捕まらなかったとしても、楽して儲《もう》ける味を知ったら、真っ当な道に戻るのは難しい。朝比奈はまだ二十七だ。今ならまだやり直しは利《き》く。できれば、自首させたい」

「ハ。するもんかよ」

兵頭が鼻で嗤《わら》った。

「奴は前科持ちでしょうが。今度は実刑食らう」

「自首して反省の意を示せば、刑期が短くなることもあり得る」

「無駄ですよ」

俺の希望的観測を、兵頭はばっさりと切り捨てた。

「ああいうタイプは反省ってもんができねえ。なにが起きても、自分が悪かったんじゃない、運が悪かっただけだって考える甘ったれだ。覚悟がなくて、すぐに流される」

「悪いところばかりじゃない。朝比奈には素直な面だってあるんだ。俺は信じてやりたい」

「へえ。あいつの姉貴は弟を信じると言いましたか？」

「それは……」

——私は弟を信じられないし、会いたくもないんです。

頼子の声が耳に残っている。血の繋《つな》がった弟を、好きで見捨てるはずがない。彼女はそうせざるをえない状況にまで追い詰められてしまったのだ。

「肉親ですら見捨てた奴を、あんたは信じるって言うんですか」

「……信じるさ」

そう答えながら、俺は内心で訂正していた。正しくは「信じたい」だ。

やっぱり自己暗示じゃないか……自分の中でそんな意地悪を囁《ささや》く誰かがいた。でもいい。それでもいいじゃないか。俺が信じることで、なにかが変わるなら自己暗示でもいい。朝比奈の心を動かせるなら「信じる」と唱え続けてもいいじゃないか。

「現役の詐欺師を信じるわけですか。騙《だま》すのが商売の奴を？　先輩、あんたホントはマゾなんじゃねえの？」

「うるさいな。俺の仕事に口挟むな」

「仕事じゃないでしょうが。誰にも依頼されてない」

「俺の良心に依頼されてんだよ」

兵頭は砕ける波を眺め「へーえ、良心ね」と人を小馬鹿にした声を出す。

それからゆっくりと踵《きびす》を返し、道路に停《と》めてあるカローラに向かって歩きだした。伯田《はくた》が車の横で待っているのが俺にも見えた。

「せいぜい、一度だけですよ」

やや離れた位置で足を止め、兵頭は言う。意味がわからず、俺はただ兵頭を見る。奴が指に挟んだ煙草はもうすっかり短くなって、火も消えているようだった。

「朝比奈を説得したいなら、してみりゃいい。そうしなきゃあんたは納得しないんだろ。ただし時間はかけないでください。無駄だとわかったら、すぐに手を引くこと。……俺の心労を察して、約束してくれませんかね?」

「約束……?」

「そう。たまには可愛い後輩のお願いを聞いてください」

ふざけた調子で言うわりに、兵頭の目は真剣だった。

迷いはあったが、俺は頷く。兵頭がかなり譲歩しているのがわかったからだ。

「わかった。なるべく早くケリをつける」

「そりゃよかった。……ああ、コートは今度返してください。わりと高いんでね」

それだけ言うと、今度こそ振り返らずに浜辺を去っていく。兵頭が車に乗り込むと、伯田が俺に向かって一礼し、カローラはほどなく発車した。

俺は潮風に髪をぐちゃぐちゃにされながら、兵頭の言葉を反芻《はんすう》する。

せいぜい、一度だけ。時間はかけるな。

これはどういう意味だろうか。

兵頭は俺と朝比奈が接触するのを嫌っている。朝比奈と真和会に接点があるからだ。俺の言葉で、朝比奈が真和会を裏切るようなことがあれば、真和会は当然俺にも目をつける。兵頭はそれを阻止したい——なぜなら、奴は俺のことを……その、まあ……す……いや、憎からず思っているわけで。

要は、真和会に俺の存在を悟られなければいいわけだ。

無論こっちだって、そんなヤのつく大きな団体さんと仲良くする気はない。いまや俺は弁護士ではないのだから、影の存在として朝比奈と接触するつもりだ。そのあたりは七五三野が相談に乗ってくれるだろう。

「……ま、善は急げってことか」

暖かいコートのポケットに手を突っ込み、俺は呟いた。

兵頭の匂いと煙草の匂いに包まれ、駐車場に向かって歩きだす。

落ち込んでいた気分がいくらか上向きになってることに気がつき、悔しいような、くすぐったいような気持ちになった。

さて朝比奈とどう連絡を取るか——その手段を俺が考えている間に、思いがけず向こうから電話が入った。

予想外の展開だが、都合がいい。

番号非通知の電話をよこした朝比奈は、先日の店でもう一度会いたいと申し出てきた。俺は承諾したが、ひとりではなく助手を連れていくと告げる。

朝比奈は嗤って『ひとりじゃ怖いわけか』と聞いた。

俺は「怖いよ」と正直に答えた。こちらの気負いのなさが面白くなかったらしく、朝比奈は険のある声で『勝手にしろ。ただしひとりだけな』と乱暴に電話を切った。

「……ということで、つきあってくれるか、キヨ？」

「ん」

ふたつ返事でキヨは引き受けてくれた。特殊清掃という本業があるため、アルバイト扱いのキヨではあるが、実に頼りになる男だ。

夜八時、俺たちは事務所を出た。

俺はスーツの上にまだ返していない兵頭のコートを着て、キヨはいつものフライトジャケットを羽織り、サングラスをかける。サングラスの理由は目の横のひっかき傷だ。ちょっと腫《は》れていて、痛々しい。

「それ、智紀《とものり》？」

六本木《ろっぽんぎ》を並んで歩きながら聞くと「ん」と短く答える。頷いたあと、なにかを思い出したように、口元がにやついた。こんな顔をするキヨは珍しい。ちっちゃいのとでっかいのの間で、いったいなにがあったんだろうか。

「……わりと、短気」

ぼそりとキヨが言う。

「智紀？　わりとというか、かなり短気だろ」

「怒ると顔が赤くなって……樹の上で暮らす小さくって目の大きいサルみたいで、可愛い」

キヨはあくまで真面目に言っているのだが、サルみたいで可愛いと言われて喜ぶ男子高校生は少ないだろう。いずれにせよ、このふたりは俺の知らないところで会ったりもしているようだ。

夜の繁華街を行く人々が、チラチラとキヨを気にしているのがわかった。

キヨがこの背丈と顔立ちでサングラスなんかしていると、まさしく『オフで遊びに行くモデルさん』である。その隣にいる俺はモデル仲間――にはなれまい。いいとこマネージャーだろう。

クラブに到着すると、前回と同じ部屋に通される。

朝比奈はもう来ていた。意外なことに、今日はひとりだ。俺たちを見て、挨拶《あいさつ》もせずに「座れば」と言う。なんだかひどく顔色が悪い。

「具合がよくないのか?」

そう聞いた俺に「誰が」と引《ひ》き攣《つ》った笑みを見せる。

「俺? 元気だよ。なに言ってんの先生……ああ、違う、芽吹《めぶき》さん。このでっかい人、なに?」

「うちのバイト」

「へえ、バイトとかいるんだ。なんだ、じゃあ、俺が仕事に困ったら雇ってもらおっかな」

ぺらぺらと早口に喋《しゃべ》る。光る靴の足先が貧乏揺すりをしていた。

「人手はもう足りてるけど、職を探すなら相談に乗るぞ」

俺が答えると、朝比奈は「冗談に決まってんだろ」と煙草を咥えた。

「正義の味方の交渉人さんなんか、零細《れいさい》に決まってる。俺はもう貧乏人には戻れないよ」

「戻ってみると、案外楽しいかもしれないぞ」

「やだね。——なあ、芽吹さん、あんただって金は好きだろう?」

どすん、とソファの背に身体を預けて朝比奈が聞いた。今日はデニムのパンツに黒いシャツとカジュアルだが、どれも高価なのだろう。身体の脇にはブランドものの鞄が置かれている。

「好きだよ。嫌いな人、あんまりいないだろ」

「だよなぁ。だからさ、いい話があるんだ。こないだはさ、俺ちょっと失礼だったよね。あんた、恩人なのに脅すようなこと言って。ああいうのはよくないって、気がついた」

妙に落ち着きがないな——俺は朝比奈を観察しながらそう思う。

「お互いに利益のある選択ってのがある。俺も芽吹さんも満足いく選択だよ。どうしてもっと早く思いつかなかったのかな……ほら、これ」

朝比奈はテーブルの上にあったケーキの箱を持ち上げる。小振りなサイズなら、八個くらい入りそうな大きさだ。取っ手のついた白い箱を軽く揺すって、もう一度テーブルに戻した。ドスッとケーキらしからぬ音がして、朝比奈がキキッ、と甲高く笑う。

「用意したんだ、芽吹さんのために」

脚を組み替えて、朝比奈が俺を見た。

「ケーキは好きだけど……なんだか重そうな音だったな」

「ケーキじゃない。ケーキなら、一生ぶん買えるぜ」

なるほど、白い箱には現金が詰まっているわけだ。中身は見えないが、大きさとさっきの音からして百万の束がいくつかってところだろう。

「どういう意味かな?」

俺はケーキ箱には手を伸ばさずに聞いた。朝比奈は首の後ろをやたらと掻きながら「ギブアンドテイクってやつ」と答える。

「あんたはケーキ箱を持って帰る。その代わり、今持ってる情報を全部俺に明かして、この件からは手を引く。俺に会ったことも忘れる」

「それは難しいな」

「なに。もっとでかい箱がいいっての？　欲張りだなあ、先生」

朝比奈の額に汗が浮いていた。呼吸も忙しなく、瞬《まばた》きが多い。隣に座るキヨを見ると、長い前髪の奥から、俺と同じように朝比奈をじっと見つめていた。

俺は視線を朝比奈に戻し、ゆっくりと喋った。

「俺はね、朝比奈くん。一度関わった人を、そう簡単には忘れられない」

「忘れられるさ。忘却を金で買えばいい」

「俺はきみを忘れないし、きみも自分の過去を忘れられない。いくら金を出しても無理だ」

朝比奈は深く俯《うつむ》き、肩を竦《すく》めて「はは」と乾いた笑い声を出した。身体に不自然な力を入れたまま、ぐいと腕を伸ばして水の入ったタンブラーを掴む。喉が渇いているのだろう。ごくごくと一気に飲み干して、吐息をついた。やっと顔が上がり、不安定な視線で俺を見る。

「金は受け取れないってか」

「もう一度、よく考えてみてくれ。自分にとって、なにが一番いいか……手遅れにならないうちに、決断してほしい。俺にも、なにか手伝えることがあるかもしれない」

「あんた、まさか自首しろとか言うの」

「それが一番いいと思う」

バカかよ、と朝比奈が喉を晒《さら》して嗤《わら》う。

「わざわざ刑務所に入りに行けって？　するわけないだろ、そんなん」

「このまま詐欺を続けていれば、いつか後悔するときがくる。きみはまだ若いんだから……」

「うるせえよ偽善者」

固い声で、朝比奈は俺を拒絶した。

まだ喉が渇いているのか、タンブラーに氷を入れ、ミネラルウォーターを注ごうとしている。その手が震えているのがはっきりと見て取れた。

俺の中で悪い予感が、どんどん膨れあがっていく。

「朝比奈……」

「帰れ」

俺を見ないで、朝比奈が吐き捨てた。

「取引しないなら、さっさと帰れ！　り、理解者ヅラはうんざりだ。あんたに俺のなにがわかるっていうんだ。俺の判決に執行猶予がついたからって、それがなんだっていうんだよ！　そんな大昔のことなんか、知ったことか！　恩着せがましくしやがってッ！」

怒号にキヨが眉を顰《ひそ》める。

俺はなにを言えばいいのかわからない。朝比奈の興奮は尋常ではなかった。

「俺は」

朝比奈の声が引っくり返り、ヒッ、と喉を詰まらせるように嗤った。

「俺は、これから楽しく飲むんだ。なにもかも忘れて楽しく過ごすんだ……は……はは、この金を全部、女のパンツに突っ込んでやるぜ！」

言うなりケーキ箱を壁に叩きつける。箱の底が抜けて、札束がいくつか床に落ちる。何人が騙されて、あの札束になったのだろうか。

「──帰ろ」

先に立ち上がったのはキヨだった。どうにも膝に力が入りにくい俺の肩を叩いて促す。確かにこれ以上ここにいる理由はない。朝比奈は俺の話に耳を傾けない──いや、傾けられないのだ。

俺たちはＶＩＰルームを出た。

扉を閉めるより早く、朝比奈が鞄の中を掻き回しているような音が聞こえ、背筋が寒くなる。

帰り道、俺とキヨはほとんど喋らなかった。

もっとも、キヨはいつでも無口だ。俺が話しかけない限り、自分からはほとんど口を開かない。そんなキヨが、事務所に帰り着いた途端「あれはだめだよ」と言った。強くはなかったが、迷いのない口調だった。

「諦めたほうがいいと思う」

静かな目が、俺を見据える。

「兵頭みたいなことを言うんだな」

苦笑いしたつもりだったが、うまくいったか自信がない。キヨがダメだと言う理由は俺にだって、もうわかっていた。朝比奈は薬物中毒に陥《おちい》っている。あの異様な発汗と身体の震え、落ち着きのなさに、瞳孔《どうこう》の開いた目を見ればいやでもわかる。

「……覚醒剤だと思うか？」

俺が低く聞くと、キヨは「どうかな」と首を傾《かし》げた。

「今時は、合成麻薬でもスゴイのあるから」

どちらにせよ、人の身体を蝕《むしば》む悪魔に違いない。

薬物は人間から理性を奪う。

俺は医者ではない。俺が駆使できるのは言葉だけだ。理性を失った相手に、どれほど言葉を尽くしたとしても……それが届く望みは低い。

どうしたらいいのか。七五三野に相談するべきか。いや、あいつの答えはわかっている。警察に任せて手を引けと言うに決まっている。仮に、俺が誰かに相談されたら同じように答えるだろう。つまり、それが理性的な判断なのだ。

理解者ヅラはうんざりだ——朝比奈はそう言った。

そのとおり。間違いなく、俺は理解者ヅラの偽善者だ。本当に朝比奈の気持ちがわかっているのかと問われれば、否《いな》と答えるしかない。

薬物に溺れる人間が存在するのは理解しているが、それがなぜなのかはわからない。弱いからだと一刀両断にするのは簡単だけれど、ではなぜ彼らは弱いのか。親の教育のせいか。学校か。つきあった友人が悪かったのか。あるいはもっとべつの理由があるのか。

他人を理解するなんて無理だ。

俺は自分の家族のことだってわからなかった。母も父も、わからないままに死んでしまった。どうしてもっと向き合わなかったのか。どうしてもっと話し合わなかったのか。その後悔は一生俺につきまとうだろう。

朝比奈のことも、そうなるのだろうか。数年後、誰かから人づてに、朝比奈がどうしているか——たとえば刑務所に入っただとか、あるいは捕まらないままもっとひどい犯罪者になっているだとか、そんな知らせを聞き、俺は後悔するのだろうか。

「……いつだったか、兵頭に言われたことがあるんだ」

コーヒーを持ってきてくれたキヨを見上げて、俺は話した。

「ん」

「他人を変えられるつもりでいるなら、それは傲慢《ごうまん》だって」

「……」

「だから俺、言ったんだよな。他人を変えようとしてるんじゃない。変わりたいと思っている人を信じたいだけだって」

キヨは立ったまま、自分のマグカップを両手で持ち「けど」と呟いた。

「あいつは、自分で思ってない」

「そうだな。朝比奈は思ってないんだろうな」

マグカップの温もりに、自分の指が思《おも》いの外《ほか》冷えていたのだと気がつく。俺はわざと声に出し
「あーあ」と溜息をついた。差し伸べられてもいない手を、無理やり握ろうってのは無理な話だ。

そんなことする奴、ウザいだけである。

ただ、朝比奈の現状を姉の頼子にだけは知らせておくべきだろう。

余計なお世話かもしれないが、それが俺にできる唯一のことだ。

「明日から、通常業務に戻ろう」

俺がきっぱりと言うと、キヨは安心したようにちょっと笑ってくれた。

6

去年の十月に開業したこの事務所も、一年が過ぎていくらか軌道に乗ってきた。

最初の二ヶ月ほどは、さゆりさんとキヨに給料を出すと俺のぶんはほとんど残らないという厳しい状況だったのだが、夏になってようやく俺にも会社員程度の収入が出て、来月師走《しわす》には少しばかりのボーナスも支給できそうだ。経営者としては、ひと安心である。

「商売繁盛を祈願して、熊手《くまで》でも買いに行くかな……」

テレビのニュースを見ながら俺は呟いた。浅草《あさくさ》の神社の賑《にぎ》わいが映し出されている。事務所には古いブラウン管のテレビが一台あるのだ。

「お酉様《とりさま》なら、今日までですよ」

いい音をさせて算盤《そろばん》を弾きながら、さゆりさんが教えてくれた。キヨは本業が入って今日は休みだ。もしかしたら、夜から出られるかもしれないと言っていた。

「熊手って、値切っていいんだよね？」

「もちろん。値切ったほうが縁起がいいんです。まあ、値切ったぶんをご祝儀にすると粋《いき》なんですけどね」

「あ、いいなそれ。なんかかっこいい。あと、あれやってみたいな。シャンシャンシャンって、手を打つやつ」

「手締めですね。あれはそこそこ大きい熊手を買ったときだけですよ。でも、最初は小さいものでいいんです。商売と同じ。だんだんに大きくしていくものです」

さすが江戸《えど》っ子《こ》である。俺はさゆりさんの話をフンフンと聞きながら、かりんとうを摘んでいた。今日は初回相談の予定がふたつばかり入っていたが、たまたま両方キャンセルになったのだ。こういうことは珍しくないので、いちいち気にしない。

木枯らしが、窓を叩く。

だが事務所の中は暖かい。夏にエアコンの調子が悪かったので修理をしてもらったら、快調に動くようになった。乾燥しすぎないように加湿器も導入してある。風邪は万病のもとなのだ。

「三の酉だから、かなり混むと思いますよ」

「うん」

テレビはニュースが終わって、バラエティに替わる。

画面の中、お笑い芸人の言葉に、他の出演者が爆笑している。

「行くなら早いほうがいいんじゃないですか？」

「うん。そうだね」

俺はぼんやりと答えた。

あれもしよう、これもしよう——頭ではそう考えるのに、なかなか行動に移せない。仕事はべつだ。仕事なのだからと思えば、精力的に動ける。しかしそれ以外のことになると、どうにもノリが悪い。

原因に心当たりがあった。

朝比奈《あさひな》の件が、まだ心に引っかかっているのだ。もう手を引こうと決めてからしばらく経つのに、気持ちの清算ができていない。

「若頭と、お行きになったらどうです」

「ウン…………え⁉　兵頭《ひょうどう》と？　行かないよ！」

「どうして？」

「どうしてって。極道と一緒に熊手買ったりしたら、なんか縁起悪くないか？」

俺はわりと真面目に言ったのだが、さゆりさんは「まあまあ、所長ったら」とカラカラ笑う。

「照れなくてもいいんですよ」

「照れてませんよ」

嘘だ。ちょっと照れていた。

さゆりさんとキヨが俺たちの関係に気がついているのはもう承知しているが、改めて言われるとやっぱり恥ずかしい。

「人混みの中へ行くときには、ああいう人をお連れするといいと思ったんですけどねえ」

それは一理ある。兵頭がヤクザオーラをダダ漏れにして歩けば、その周囲だけ人口密度が下がるかもしれないが……そんな理由で誘ったら、さすがにあいつも怒るだろう。

「サクッとひとりで行ってくるよ。三千円くらいのでいいかなあ」

「いいと思いますよ。寒いから、お気をつけて」

「うん」

さゆりさんに見送られ、俺は事務所を出た。スーツの上には、まだ兵頭のコートを着ている。サイズはちょっと大きいが、軽くて暖かいので重宝なのだ。兵頭は忙しいのか、海で会って以来、事務所に顔を見せていない。

確か鶯谷《うぐいすだに》から歩けたよなあ、などと考えつつ駅に向かっていると、ポケットの中で携帯電話が鳴った。発信先は非通知。珍しいことではないので、そのまま電話を受ける。

「芽吹《めぶき》です」

原則的に仕事用の電話なので、自分から名乗る。相手が息を吸い込むような音が聞こえ、そのあとで掠《かす》れた声が『先生』と言った。

誰なのか、すぐにわかった。

俺は立ち止まり「朝比奈くん？」と呼びかける。

『先生。助けて。だめだ。俺、だめなんだ』

「大丈夫、落ち着いて」

上擦った声からして、かなり動揺しているのがわかる。相手の焦燥《しょうそう》に引きずられないように、俺は穏やかな声を意識的に作り「今、どこにいる?」と聞く。

『マンション……ウィークリーマンションに……。芽吹先生、来てくれるの』

学生に戻ったような口調だった。俺はすぐに「行くよ」と返事をする。

「住所を教えてくれ。すぐに向かうから」

『行き方、言う。でも電話を切らないでくれ。二度とかけられないかもしれない……』

朝比奈はなにかに怯《おび》えているようだった。俺は「わかった」と了解し、朝比奈のいるウィークリーマンションの場所を聞く。さほど離れた場所ではない。タクシーを拾えば十五分程度で到着する。

俺が移動している間、朝比奈はずっと喋《しゃべ》り続《つづ》けていた。判決が下りたあと、自分と家族がどんな境遇に陥《おちい》ったのか――なにかに取《と》り憑《つ》かれたように捲《まく》し立《た》てる。

『電話が鳴りやまないんだ。ファクスも。裁判の間にも、そういうのはあったけど……終わってからのほうがひどくなった。人殺し、罪を償え、おまえも死ねって。俺の携帯には、死んだはずの彼女を騙《かた》ったメールが届いた。なんであたしを殺したの、恨んでやるって書いてあった。家の玄関には、ここが人殺しの家ですっていう貼り紙がされて……母さんは寝込んじゃって……家族写真がネットに流出して……父さんは会社から捨てられて、俺たちの知らない借金がたくさん出てきて、姉さんは婚約破棄になって――』

もう、ぐちゃぐちゃだった——朝比奈は言った。そんな中で、朝比奈は何度か俺の所属していた弁護士事務所に電話をかけたという。

『もしかしたら、芽吹先生なら、助けてくれるかと思って』

けれど俺は外出していた。忙しい時期だったのだと思う。

朝比奈はメッセージを残さなかった。家の電話は線を抜き、携帯電話も解約していた。公衆電話からかけていたので、折り返し連絡を欲しいとは言えなかったのだ。恨みがましい口調ではなかった。朝比奈は不安定に揺れる声で過去の出来事を話す。

『新しい携帯を手配した頃には、バッシングは少なくなったけど……父さんが死んで、母さんが入院して……』

そのあたりで俺はマンションの前に到着した。

携帯電話を握りしめたまま、朝比奈の告げた部屋へと急ぐ。俺が呼び鈴を鳴らすと、電話の中で朝比奈が『今行く』と答えた。

「先生」

スチールドアが開くと、泣きそうな顔の朝比奈がいた。髪も服装も乱れ、このあいだよりさらに痩《や》せて見えた。相変わらず顔色はよくない。それでも俺の顔を見て安心したのか、いくぶん表情を和《やわ》らげ、やっと通話を切る。

「よかった、来てくれて……ホントよかった。上がって」

俺は朝比奈に誘《いざな》われ、部屋に入る。

ウィークリーマンションはワンルームが多いが、ここの間取りは1LDKだった。部屋の中はかなり雑然としている。ダイニングテーブルの上にはレトルト食品の残骸《ざんがい》が散らばり、ちらりと見えた和室には布団が敷きっぱなしだ。少なくとも数日間、朝比奈はここで生活しているらしい。

「来てくれないかと思った」

リビングのソファに崩れ落ちるように座り、朝比奈が言う。

俺はその隣に腰掛けて「来るさ」と微笑んだ。目の前のローテーブルにも雑誌やスナック菓子の袋が散乱している。

「こっちこそ、もう連絡をくれないかと思っていたよ」

「こんなこと……今さら言いにくいんだけど……助けてほしくて……」

俯いたまま朝比奈が言う。俺は彼の肩に軽く触れて「うん。助けたい」と返す。

「きみのためになにができるか、真剣に考える。そのためには現状を詳しく知る必要があるんだ。教えてくれるね？」

「俺」

朝比奈が顔を上げた。落《お》ち窪《くぼ》んだ虚ろな目が俺を見ている。

「俺、やばいんだ。追い詰められてる。……殺されちまうかもしれない」

「誰かがきみを殺すと脅《おど》しているのか？」

「あ、あいつら、俺をさんざん利用したくせに……俺の稼ぎで美味しい思いしてたくせに、急に手のひらを返しやがって……ッ！　ト、トシだって、あいつらの手先だったんだ、俺を見張らせてたんだよあいつに！」

「朝比奈くん、落ち着いて」

かさついた手を強く握ると、朝比奈は視線を泳がせる。

「落ち着いて、順番に話してくれ。なにも隠さずにだ。まず、きみは詐欺グループのどの位置にいる？」

「……俺がリーダーだよ」

力ない返事だったが、興奮はいくらか冷めたようだった。朝比奈は俺の手を振り払い、ソファから立ち上がってキッチンに立つ。

「なんか、飲む？」

「それより話が聞きたい。座ってくれ」

「俺が飲みたいんだ。コーヒー……濃いのが飲みたい」

キッチンの引き出しをガサガサと探る音がした。雑然とした中に、最新式のエスプレッソマシンが置いてある。カートリッジになった粉を填《は》め込《こ》み、手軽に抽出《ちゅうしゅつ》できるタイプのものだ。

「きみがリーダーなら、その下に何人かのメンバーがいるね？」

エスプレッソを淹《い》れる朝比奈の背中に向かって、俺は聞いた。

「いる。五人に、電話かけさせてた。トシは俺と一緒に会計みたいなこととして……あいつ、組の人間なんだよ」

思《おも》いの外《ほか》素直に返事をくれる。

「きみを見張っていた？」

「そう。俺のことなんか、信用しちゃいなかったんだ。ちくしょう……」

「斎藤《さいとう》くんは六人目のメンバー候補だったわけか」

「ああ。あっちも金欲しそうだったし……人当たりのいい雰囲気だったから。年寄り相手だと、そういうの大事なんだ」

ふたりぶんのエスプレッソを用意して、朝比奈は戻ってきた。専用の小さなカップだが、量は結構入っている。いわゆるダブルくらいだろう。こんなものが用意されているところを見ると、かつてはここも詐欺グループの拠点として使われていたのではないだろうか。

ミルク、と再び行きかけた朝比奈に「俺はいらないよ」と声をかけた。すると、無言で戻り、俺の隣に再び座る。濃厚な色のエスプレッソをじっと眺め、朝比奈は「メンバーにするなら、確かめなきゃならないと思った」と話す。

「直接会って、どんな奴か確かめないと……。だから、面接して、飛ばしの受け渡しにも俺が行ってみて。そしたら」

俺に出くわしたわけである。

「びっくりした。芽吹先生が斎藤を尾行してるって、どういうことだって……でも、先生が弁護士をやめてるのはすぐにわかった。交渉人をしてて、両国《りょうごく》に事務所があって——そういうのはトシがすぐに調べた」

「俺に接触したのは、警察への通報を恐れたから?」

「それもあるけど……それだけじゃない」

朝比奈はしばし躊躇《ためら》い、告白した。俺はあんたが憎らしかったんだ、と。

近くにいると、汗の臭いがした。風呂にもろくに入っていないらしい。

「逆恨みだよ。わかってる。先生に助けてもらったのに、恨むのは筋違いだ。でも、なんか無性に腹が立った。あんたは裁判に勝ったつもりかもしれないけど、俺と家族はさんざんだった。それを知ってるのかって」

「そう思うのは仕方ないよ。実際俺はなにも知らずにいたんだし……」

「ほら、あんたはそうやって優しい」

吐き捨てるように言い、エスプレッソを飲む。

俺もカップを手にした。正直、こっちも緊張して喉が渇いていたのだ。ここで朝比奈を説得できなければ、もう本当にお終《しま》いだろう。

「……優しくて、正義感が強くて、俺に会ったときも『まだやり直しが利《き》く』なんて言う。そんなの嘘だ。俺はもうどうしようもない」

「朝比奈くん、だめだ。決めつけちゃいけない」

俺はなんとか朝比奈を元気づけようとした。痩せた肩に腕を回し、しっかりと視線を合わせる。朝比奈の頬が涙で汚れている。いつのまにか彼は泣いていた。

「だって、俺、ヤク中だよ？」

洟《はな》を啜《すす》りながら、朝比奈は嗤《わら》う。美男子が台無しの顔は、弱々しい子供みたいだった。

束の間、俺はどう答えるべきか迷った。

薬物中毒の犯罪者——それが偽りのない、今の朝比奈の姿だ。しかも家族の支えは期待できない。大丈夫、なんとかなると簡単に言える状況ではない。それほどに、朝比奈の落ちてしまった闇は深い。

「それでも、俺は信じるから」

濡れた目を見て、俺は言った。

朝比奈は「信じる？」と小さく口の中で繰り返す。

「そうだ。信じる。きみが立ち直れると信じる」

「なにそれ……信じるなんて、そんな簡単に言うなよ……」

「でも、きみだって俺を信じたから、電話をくれたんだろ？」

そう問いかけると、力のない瞳がかすかに揺れた。

「……違うって言ったら？」

「助けてほしいって言ってくれたじゃないか」

朝比奈はもう空になってるデミタスカップを手の中で遊ばせながら、空虚な目で俺を見た。

「……信じたいよ、先生を。でも信じられない」

「どうして」

「先生と俺は、あまりに違いすぎるから」

「そんなことはない。人間なんて誰だって弱いところをもっている。きみと俺に違いがあるとしたら、それは環境と……」

「信じさせて」

俺の言葉を遮《さえぎ》り、朝比奈が縋《すが》るように言った。

「信じさせてくれよ、先生。そしたら俺、全部話す。詐欺のことも、俺たちの上に誰がいるのかも、全部話して——自首してもいい」

俺は戸惑った。相手を「信じる」ことは俺の基本姿勢だが、相手に「信じさせてくれ」と言われたのは初めてだ。

しかし朝比奈が自首という言葉を口にしてくれたのは嬉しかった。

まだ間に合う。大丈夫だ。朝比奈はきっと、やり直せる。

「教えてくれ。どうすればきみは俺を信じてくれるんだ?」

朝比奈は答えない。

なにも言わず、じっと俺のカップを見ている。俺も飲みきってしまい、空になったカップはローテーブルに置かれたままだ。

「朝比奈くん、俺はなにをすれば」

「なにも」

いくらか急《せ》くように繰り返した俺に、朝比奈の無表情がぽつりと言う。

「なにも、しなければ、先生を信じる」

意味がわからず、俺は口を噤《つぐ》む。

朝比奈は俺のカップを手にして「全部、飲んだね」と呟いた。

刹那《せつな》、俺の背中に悪寒が走る。

自分がルールを破ってしまったことに気がついた。交渉人の基本ルール……交渉の場がアウェイだったなら、そこで出されたものには口をつけてはならない。水も飲まない。交渉相手は好意的でない場合のほうが圧倒的に多い。なにが入っているかはわからない——朝比奈は交渉相手ではないが、俺はこのルールを無視してはならなかったのだ。今、俺はたったひとりで、俺がここにいることを誰にも知らせていない。

「濃かったから、味、わかんなかったかな」

「……朝比奈」

「毒なんか入れてないよ。ただ、俺が飲んでるのと、同じの」

ポケットを探り、ピルケースを取り出す。ローテーブルにザラザラと落とされたのは、白い粉の詰まったカプセルだった。俺は言葉もなく、それを凝視する。

「合成モンだけど、すごい優秀。最初は冴えまくるよ。世界の王様になったような気持ちになれる。ぜんぜん疲れないし、腹も減らない。でもアッパーの時間はわりと短くて……反動が大きい。ダウナーになると、きっついんだ。自分が踏み潰されて当然の虫みたいに思える」

「どうして、こんな」

俺は必死だった。

必死に冷静さを保とうとしていた。それでも声は上擦る。薬は今さっき飲んだばかりだ。静脈注射したわけではなく、経口《けいこう》だ。すぐに吐けば、あるいは病院で胃洗浄を行えば、まだ間に合うかもしれない。

「言っただろ。信じたいんだ、芽吹先生のこと」

自分もカプセルを口に放り込み、朝比奈は言う。

「先生は、高いとこにいすぎるんだ。……もっと、落ちてきてよ」

ペットボトルの水で薬を流し込み、歪んだ笑みを見せる。

「俺と同じとこまで落ちてきてくれたら、先生を信じられる。俺と同じ体験をしてくれなきゃ、俺のことわかるはずないんだ。ヤク中になれとは言わないよ。一度でいい。今回だけで。そのま、この部屋にいてくれればいい」

「きみは……ここまでしなきゃ、俺を信じられないのか……?」

うん、と朝比奈が頷く。薄く笑い、涙が滲《にじ》んでいた。

「悪いけど、そうなんだ。ここまでしなきゃ信じられない」

「どうかしてる」

たぶん俺は真っ青だったんだろう。全身に冷や汗を掻いている。

薬物に関するひととおりの知識は持っていたが、身をもって試したことなどあるはずもない。

背筋がぞくぞくとして、吐き気を感じた。

「俺がどうかしてるのは、今に始まったことじゃないよ……。さあ先生、どうする? 帰る? 病院か警察に駆け込む?」

楽しい話でもするかのように、朝比奈が俺の顔を覗き込む。

「それが普通だよな。こんな真似されて、怒ってるだろ、先生。だから俺、言ったじゃない。俺はだめな奴なんだよ。最低だよ。だから——誰も俺を、救えない。先生も俺を見捨てるんだろ。そうだろ?」

「俺は……」

帰れ、と理性が言っていた。

今すぐここを出て、薬を吐け。そして病院へ向かえ。薬物を甘く見るな。自分の身体以上に優先すべきものがあるか? 手遅れにならないうちに、行け。この甘ったれに見切りをつけろ。

「俺は……きみを……」

見捨てるのか、と問う声がする。

所詮《しょせん》、口だけか。そうだよな、仕事でもあるまいし。朝比奈は依頼人じゃない。おまえがかつて助けた、いや、助けてやったつもりの犯罪者だ。こんな奴を信じられるはずがない。信じなくて当然だ。薬まで盛られて、まだこいつの言葉を真に受けるのか。

「効いてるのは十二時間くらいだよ」

朝比奈が壁の時計を見て言った。

「今夕方の六時だから……朝の六時には、症状が落ち着く。それまで、先生がここにいてくれたら、俺は一緒に警察に行く」

「自首、するのか」

「うん。先生を信じて、やり直すために」

本当か、と俺は聞いた。朝比奈は俺をじっと見て「信じてくれないなら、いいけど」と呟く。

信じたい。

信じられたい。

本当は信じていないのかもしれない。他人を信じるのは難しい。とてつもなく難しい。だから自己暗示が必要なのだろう。信じられる。俺は信じることができる。朝比奈が俺を信じるためには、俺が朝比奈を信じることが必要で、そのためには——。

「わ……かった。ここにいる」

俺はそう答えた。

自分の中の誰かが、俺を激しく罵倒していた。どこまで馬鹿なんだ芽吹章《あきら》。とりかえしのつかないことになってもいいのかと、叱責する。それでも俺は立ち上がらない。

心臓の音がやけに大きく響いて、ざぁざぁという耳鳴りがする。それが薬のせいなのか、俺の精神状態のせいなのかわからない。

朝比奈が無言で笑った。

泣きだしそうな笑顔のあと「携帯、出して?」と言った。

■

午後六時七分。

紀宵《きよい》の携帯電話がポケットの中で振動した。手袋を嵌《は》めたままで電話を取り出す。電話はラップでぐるぐる巻きにされているが、液晶の文字はなんとか読み取れた。

芽吹からだ。出たいところだが、今はちょっと手が離せない。今日の仕事はアパートの一室。心中を図った住人の部屋の清掃である。八十二歳の妻を介護していた、七十八歳の夫。妻は寝たきりの、いわゆる老老介護である。

彼らは生活に疲れ果て、死を選んだ。親類縁者はなく、金もなく、福祉制度には限界があった。妻の首を絞《し》めたあと、夫は自分も首を吊った。ふたりの遺体は一週間、発見されなかった。異臭がすると近隣から苦情が入り、大家はやっと部屋の鍵を開けたのだ。

ひどい臭いなのは当然である。まだ秋だからましなほうだ。これが夏だったら、腐敗はさらに進み、もっと早く発見されただろう。

紀宵は掃除屋なので、部屋に入ったときすでに遺体は運び出されている。それでも、どういう状況だったのかはだいたい想像がつく。畳の染《し》みや血痕を見れば、どこでどんなふうに死んでいたのかも見当がつく。清掃の依頼を受けた直後、消臭のためのオゾン発生器を設置しておいた。おかげで今は、窓を開けても問題ない程度の臭いになっている。

遺体から流出した体液は畳に染み込んでいた。

布団や畳は撤去して焼却処分する。携帯電話が鳴ったときは、ちょうど畳を運び出そうとしていたときだ。迅速《じんそく》に作業しなければならなかった。

「よし。出そうか」

特殊マスク越しに、相棒が声をかけた。紀宵は携帯電話に出ることを諦め、相棒とともに畳を外に出した。待ち受けていたトラックにすべて積み込むと、すぐに車は走り去る。

室内に戻る前、紀宵は「ちょっと」と相棒に携帯電話を示した。相棒は了解というように頷くと、先に部屋に戻る。紀宵よりかなり年上のベテランで、よく一緒に組む人だ。

携帯のラップを、スピーカー部分だけ剝がす。留守録メッセージを聞くためだ。

——キヨ? 俺。仕事、お疲れさん。ええと……今日、事務所には戻らないから……さゆりさんにそう伝えてくれるかな。

芽吹の声がいつもより微妙に高い。

言葉と言葉の間《ま》に妙な間がある。おかしいな、とキヨは首を傾げた。

——熊手を……買いに行くつもりだったんだ。酉の市に。……商売繁盛は大事だろ? そしたら、急に思い出して。コートを返さなきゃって。だから、今日は戻らない。

いよいよ変だ。これが芽吹のメッセージでなければ、ありだと思う。だがあの芽吹が、いつも理路整然と喋る人が、こんな脈絡のないメッセージを残すだろうか。熊手とコートになんの関係があるというのだ?

——心配しなくて、いいから。じゃあ。

メッセージが終わる。

紀宵は眉間《みけん》に皺《しわ》を刻んだまま、まずは事務所に電話をかけた。さゆりさんに伝言を伝えなければならないと思ったのだ。

ごうごうと、音が聞こえる。

それが自分の耳鳴りだと気がつくのに、時間がかかった。

「朝比奈くん」

俺は呼びかける。呼んでから、そうだ、いないんだっけと気がつく。忘れていた自分が可笑《おか》しくて、ははは、と声に出して笑った。

可笑しいといえば、俺のこの格好だ。

スーツの上着は着ていない。いつ脱いだのか覚えていない。ネクタイもなかった。シャツのボタンが三つ外れている。これは自分で外した。なんだかとても暑かったので。

俺はユニットバスの床に座り込み、足首に枷《かせ》が嵌《はま》ってる。たぶん手錠《てじょう》を改造したものだろう。鎖《くさり》が長く、もう片方は洗面台の配水管に繋《つな》がっていた。長いといっても、せいぜい一・五メートル。トイレが使えるようにという配慮だろう。ありがたいことだ。ついでにレストランまで移動できりゃいいのに。

足枷の鍵はない。

いや、ある。でも届かない。隣の部屋へと朝比奈が放ってしまったからだ。

「監禁されてるみたいだ」

声に出して言ってみた。返事はない。

朝比奈はどこへ行ってしまったのだろうか。さっきまではいたのに。

——これは、芽吹先生のためなんです。

俺の足に枷を嵌めながら、朝比奈は言った。確か、そうだったと思う。その前に、携帯電話を出せと言われて、キヨに電話をかけさせられて……いや、足枷のあとだったかな？　記憶が混乱していた。とにかく、今はもう携帯はない。誰にも連絡できない。

——今俺が飲んでるのと同じくらいの量を摂取したから……かなり、キツイと思う。ダウナーがきたとき、幻聴とか、起きるかもしれない。ここを飛び出して路上で叫んだりしたら、警察沙汰になりかねない。そしたら先生、ヤク中で逮捕されちゃうから……。

だから、足枷をさせてください。朝比奈はそう言った。

「ぜんぜん、平気なのに」

俺はまた笑った。

さっきから、忙しなく立ったり座ったりを繰り返している。やたらと喉が渇いて、洗面所の水をがぶがぶと飲んだ。コップなどない。蛇口から直接飲んだ。

「ダウナーなんかにはならないよ。俺はこのとおり、しっかりしてる。なにも問題ない。このまま朝がきて、朝比奈が戻ってきて、一緒に出頭するんだ」

おまえ、なにひとりで喋ってるんだ……自分の中から、そんな声がする。

「いいじゃないか、べつに」

心の中の声にまで、俺はやたらと朗らかに返事をしていた。

怖いな。薬は本当に怖い……誰かがそんなふうに囁《ささや》いたようにも思えたが、また声に出して笑ったら、そんな考えは吹き飛んだ。頭はすっきり冴えている。気力も充分だ。暇だから、スクワットでもしようかっていうくらい。

俺は大丈夫だ。

万事オーライだ。

朝比奈の弁護は七五三野《しめの》に頼もうか。いや、それは無理だ。あいつは被害者団体を担当してるんだもんな。できれば俺が弁護してやりたいが、もう法曹界《ほうそうかい》からは足を洗った身だし。大丈夫、きっと他にもいい弁護士が見つかる。自首して、情報も提供して。日本に司法取引の制度があれば、減刑できるのに。でも、反省の意があれば、裁判官の心証はよくなるはずだ。今度こそ朝比奈は立ち直る。俺も目を離さない。そうだ。手紙も書こう。家族ではないから、俺の手紙は出所時まで見られないけれど、それでもないよりずっといい。

だって朝比奈は俺を信じてくれるんだから。

俺を信じて、立ち直る自分を信じて、自首してくれたんだから——ああ、違う。これからだ。

これから自首するんだ。

朝になったら。

夜が明けたら。

……いつ夜になったんだろう。

暗いな。なんだかすごく暗い。

俺は立ち上がり、バスルームの電気をつけた。鏡に映った自分を見て、シャツがびしょ濡れなことに気がついてまた笑った。水も滴《したた》るいい男ってやつだ。

あんまり可笑しくて、拳《こぶし》で鏡を何度か叩く。

痛くない。ぜんぜん痛くない。

それにしても朝比奈はどこに行ったんだろう？

■

「どうしてキヨちゃんに電話したのかねえ？」

さゆりさんが首を傾げる。もっともな疑問だ。紀宵も同じ懸念を抱いていた。

午後七時過ぎ。

紀宵は事務所に顔を出した。芽吹が帰らないという伝言は、すでにさゆりさんに伝えてあったが、どうも気になったのだ。さゆりさんの言うとおり、事務所に直接電話しなかったのはおかしい。あの時間、紀宵が本業に入っていることを芽吹は知っていたはずだ。つまり、携帯電話に出られないということを。それなのに、なぜわざわざ紀宵に電話をしたのか？

しかも芽吹の携帯電話は、あれきり繋がらない。

「なんだか、いやな感じがするよ」

さゆりさんが、茜色のカーディガンの襟《えり》を引き寄せて心配げな声を出す。

「所長はなにかトラブルが起きたときには、まずキヨちゃんに電話する。あたしみたいなおばあちゃんじゃ役に立たないけど、キヨちゃんは頼りになるからね。腕っ節も強いし、頭もいい」

「俺は男だし……」

「もちろんそれもあると思うよ。とにかく、所長が事務所じゃなくてキヨちゃんに電話したってのは、なにか厄介事に巻き込まれているからじゃないのかねえ」

「ん」

その可能性は否《いな》めない。紀宵はもう一度携帯電話を取り出して、まだ消していない留守録を再生する。何度聞いても、芽吹の口調に普段とは違う、焦ったような雰囲気を感じる。

——熊手を……買いに行くつもりだったんだ。酉の市に。……商売繁盛は大事だろ？　そしたら、急に思い出して。コートを返さなきゃって。だから、今日は戻らない。

酉の市の話は、実際さゆりさんとしていたそうである。芽吹は縁起物の熊手を求めて、浅草に向かっていたはずなのだ。

「……コート」

「え？　なんだい、キヨちゃん」

「芽吹さんって、誰かにコート借りてた？」

ああ、とさゆりさんが頷く。

「あの上等なコートだったら、周防《すおう》の若頭のだよ」

「じゃあ、それのことかな。芽吹さん、コートを返しに行くようなこと言ってる」

「そうなの？　じゃ、若頭に聞いてみようか」

さゆりさんが自分の携帯電話を取り出し、老眼鏡をかけてアドレスを呼びだす。

「え。兵頭さんのケーバン知ってるの」

「そりゃ知ってますよ。メアドも交換済み」

当然のように言われて、内心で「すげえ」と舌を巻いた。ちなみに兵頭のアドレスは「ひ」のところにはなくて、なぜか「や」の場所にある。ヤクザだからだろうか。

さゆりさんは携帯を耳に当てたまま、「留守電だねえ」と呟く。

「……もしもし。こちら芽吹ネゴオフィスの邑井《むらい》です。うちの所長がコートをお返しに行ってるかと思うんですが、一度こちらに連絡をくれるよう、伝えていただけると助かります。所長の電話は通じないので」

はきはきと伝言を残し、通話を切った。さゆりさんが携帯電話をしまおうとした途端、着信音が鳴る。兵頭が折り返しかけてきたようだ。さゆりさんは挨拶《あいさつ》もそこそこに本題に入る。

「――そう、コートを返しに行くと。……来てない？　そうですか……ええ、携帯が通じないんですよ。ちょっと気にかかってねえ……ああ、ここにいますよ」

携帯電話を差し出され、キヨは受け取った。もしもし、の「も」を言ったところで兵頭の言葉に阻まれる。

『どういうことか、最初から説明しろ』

凍らせた刃《やいば》のような声だった。

■

喉が渇く。

何度水を飲んでも、渇きは癒えない。ポカリみたいなのを飲んだほうがいいんだろうなと思うが、俺は動けない。足首の枷をカシャカシャと鳴らす。外れない。びくともしない。なんだかすごい色になっている。紫色の痣《あざ》。擦りむけて滲《にじ》む血。痛くはない。痛みは感じない。だから俺は、再び強い力で足をばたつかせる。枷が食い込む。外れない。

なにしてる。

俺はここで、なにをしているんだ。

なぜ繋がれている？

「……っ、朝比奈。朝比、奈……っ！」

呼びながら立ち上がる。

三歩も進むと、もう鎖が伸びきってしまう。それでも前へ行こうとして、俺はつんのめって転倒した。縋《すが》ろうとしかけた扉に顔を打ち、一瞬、熱くなった。その熱がいわゆる痛みなのだとわかったとき、バッと鼻のあたりが熱を持って濡れる。鼻の下に手を当てると、真っ赤になった。鼻血だ。

「あさ、ひ……な……ぐふっ……」

強い吐き気が込み上げてきて、俺は胃の中身を吐いた。ほとんど水しかない。これで何度目の嘔吐《おうと》だろう。喉がひりひりと灼《や》ける。頬をなにかが流れている。血ではない。涙のようだった。自分が泣いているという自覚はないのに、次々と溢れだす。

「う……うっ、ぐ……う……」

よろめきながら、俺は立ち上がった。

洗面台の鏡に映った自分にぎょっとする。なんだこれ。誰だ、この顔の半分を赤く染めた化け物は。赤いのは鼻血のせいだと気づき、蛇口を捻《ひね》る。顔を洗ってシャツで拭いた。カルキ臭い水も飲んだ。涙と鼻血はなかなか止まらない。

「朝比奈」

鏡の中、ひどい有り様の自分を見ながら呼ぶ。呼びながら、それって誰だっけと思う。

俺はどうして、何度もその名前を呼ぶのだろう。俺を助けてくれる人なのだろうか？　この足枷から解き放ってくれるのだろうか？　だいたい、この足枷はなんなのだろうか？

『罰だ』

答える者がいた。

俺だ。

鏡の中の俺が、俺を見据えて答えていた。

「な……な、に……」

『それはおまえの罰だ。わかってるだろ、芽吹章《あきら》』

「知らな……」

『嘘つきめ。知らないふりをするな』

鏡の中の俺が、人差し指を俺に突き立てるようにして指差す。俺は洗面台に縋りつき、かろうじて立ったまま、自分自身に糾弾《きゅうだん》されていた。

『嘘つきの恥知らずめ』

「お、俺は、嘘つきなんかじゃ……」

『ふん。すぐそうやって言い訳をする。さすがだよ芽吹章。自己弁護が得意だな。おまえは自分が一番可愛いんだ。他人に優しいふりをしているが、一番甘いのは自分に対してだ』

「ちが……俺は、いつも、人のことを……」

『おまえの口達者は、人のためじゃない。自分を守るためだ』

鏡の中で、俺がせせら笑う。

『理屈ばかりを煉瓦塀《れんがべい》のように積み上げて、自分の周りに壁を作っているんだろう？　目には見えない固い壁で、高い高い塔を作って、そのてっぺんでおまえはへらへら笑ってるんだ。うんと高いところから手を差し伸べて、誰にも届かないことなんか百も承知で、力になりたいだの、人を信じたいだの、戯言《ざれごと》をほざいてる』

糾弾者は鏡の中から、今にも飛びだしてきそうだった。

俺はバスルームの冷たい壁に背中をぶつけ、へたり込んだ。そんな俺を見て、俺が嗤《わら》う。

『言い返せないだろうが、偽善者め』

俺を責める俺の顔が、一瞬朝比奈に変わる。

──先生は、高いとこにいすぎるんだ。

朝比奈の声で俺を責める。

──あの子がどうなろうと、それはあの子自身が招いた事です。私は関与したくありません。

今度は姉の頼子《よりこ》の声だ。

へたり込んだまま、俺は戦慄《せんりつ》していた。歯の根が合わず、ガチガチと震える。自分の両耳を塞いでも、非難の声は易々と鼓膜に届く。

──現役の詐欺師を信じるわけですか。騙《だま》すのが商売の奴を？

これは兵頭だ。兵頭の声だ。兵頭にこう聞かれたのだ。

「し……し、信じる」

唇が震えて、うまく声が出せない。寒い。すごく寒い。血と水で濡れたシャツが肌に張りつき、俺を冷やし続けていた。でも目の奥だけが灼熱《しゃくねつ》のように熱くて、頭が割れそうに痛い。

『まだそんなことを言ってるのか』

俺が俺を嘲笑し、足先で小突《こづ》く。

『いいかげん認めろよ。楽になれよ。おまえは人を信じることなんかできない。できるはずがない。あのときだって、そうだっただろ？』

「……っ」

『おまえは、見捨てたじゃないか。あの人を見殺しにしたじゃないか。あんなにもおまえに縋って、信じてくれと言った人を――』

「ちが……お、俺は……」

『違わない』

俺を責《せ》め苛《さいな》む顔が、また変わる。

喉をひくつかせ、俺は呼吸を止めた。彼が俺を見ていた。俺をじっと凝視していた。静かな表情だったけれど、その目は俺を責めていた。

嘘だ。違う。彼はいない。彼はもうここにはいない。

だって、彼は死んだのだから。

俺は拳《こぶし》を固めた。こんなのはおかしい。理屈に合わない。

死者がいるのは変だ。論理的ではない。彼を消さなければならない。この鏡の中から消さなくてはならない。

よろよろと立ち上がり、拳を思い切り鏡に叩きつける。割れない。なかなか割れない。少し罅《ひび》が入って、俺の拳が切れる。痛いけど、痛くない。俺はあたりを見回した。シャワーヘッドがある。それを外して、思い切り鏡に叩きつける。

大きな音がしたはずなのに、よく聞こえない。ざぁざぁと、耳鳴りが大きすぎる。きらきらして綺麗だ。なにがきらきら？　ああ、鏡の破片が降っている。俺の足の甲に、いくつか突き刺さる。

鏡はなくなった。

これで安心だ。もう彼は来ない。俺が信じてやれなかった死者は来ない。

ずるずると、その場に尻をつく。

ひっ、ひっ、とみっともない声がして、それが自分の泣き声だと気がつく。

ここはどこだろう。俺はどうしてここにいるんだろう。そうだ……そう、朝比奈。朝比奈と約束した。朝になれば彼も帰ってくることだろう。

ひどく寒い。

ところどころ、温かい。

俺の血が流れているところだけが、温かい。

■

兵頭が事務所にやってきたのは、深夜四時過ぎだった。

険しい顔つきで、いつものように伯田《はくた》を連れている。意外だったのは、七五三野も同行していたことだ。隙のないスーツ姿だが、その顔には焦燥《しょうそう》が浮かんでいた。

「連絡は？」

短く聞かれて、紀宵は首を横に振った。相変わらず芽吹の携帯電話は電源が切られたままだ。

「さゆりさんは、警察に連絡したほうがいいんじゃないかって」

紀宵の言葉に「無駄だ」と返したのは七五三野である。さゆりさんは帰らないと言い張っていたが、なんとか説得して、しばらく前に紀宵が家まで送っていった。

「大の大人が一晩いなくなっただけで、警察が動くはずがない」

「弁護士の言うとおりだ。警察なんざ頼りにならねえ」

珍しく、七五三野と兵頭の意見が一致している。なぜこのふたりが連《つる》んでいるのかも気になったが、今はとにかく芽吹の安否を確認するのが最優先だ。

「朝比奈が行方を晦《くら》ましてやがる」

兵頭の言葉に、紀宵は目を見開いた。いいニュースではない。

「詐欺事件の捜査を進めている刑事に伝手《つて》があってね。朝比奈は以前からマークされていたらしいが、この数日、自宅に帰っていない」

七五三野のもとにそんな情報が流れていたと知ったら、芽吹はさぞ驚くだろう。もちろん、七五三野がなにも伝えなかったのは、芽吹を心配するがゆえだと、紀宵にはわかった。

「こっちにも、同じ情報《ネタ》が入ってるんだ。先輩と奴が会った可能性があるな」

「章は、朝比奈の件から手を引いたと思っていたんだが」

「結構頑固な男なんだよ。そう簡単には諦めねえ」

「そんなことは、僕だって承知だ」

「今じゃあんたより、俺のほうが先輩に詳しい」

しばし睨《にら》み合《あ》っていたふたりだが、揉めている場合ではないと思ったのだろう、すぐに視線を外す。それきりふたりは黙ってしまい、紀宵はどうしたらいいのかと戸惑う。明け方の事務所はやたらと静かだった。

沈黙の中、ヴィィンと振動音が鳴り響く。

紀宵は咄嗟《とっさ》にポケットに手を当てた。自分の携帯電話ではない。伯田がパチリとフリップを開ける。兵頭と七五三野の視線も伯田に集中していた。

「はい、伯田。——ああ、そうですか。……はい、了解しました」

通話はすぐ終わり、伯田が兵頭に向かって「朝比奈のガサが割れました」と言う。

「木場《きば》のウィークリーマンションです。一週間前に移動したらしいと」

兵頭はわかったとも言わず、頷くこともせずに「行くぞ」と踵《きびす》を返した。紀宵は「俺も」とついていったのだが、表に出たところで兵頭に「おまえは残れ」とすげなく拒絶されてしまった。むっとした顔を見せていると、七五三野が冷静な口調で「待機する役割も必要だ」と説《と》く。

「なにかあったら、すぐに連絡する。……きみは信頼できる奴だと、いつも章が言っていた」

肩を軽く叩かれ、紀宵は渋々同行を諦めた。

七五三野と兵頭はカローラの後部座席に乗り込み、車はすぐに出発する。暗がりの中で遠のくテールランプを見つめ、紀宵は同じ場所にじっと佇《たたず》んでいた。

7

しばらく眠っていた。

いや、気を失っていたのだろうか。よくわからない。目が覚めた途端、ひどい渇きを感じる。唇がばりばりなのは、垂れた鼻血が固まったかららしい。どうして俺はこんなに出血しているんだろう。なんだって、俺は割れた鏡の上に座り込んでいるのだろう。

夢を見ていた気がする。

……自分と同じ顔の男に、さんざん詰《なじ》られる夢だ。

いや、まだ夢の中なのかな。頭がぼんやりして、視界には霞《かすみ》がかかっている。ガタガタと、なにか音がした気がする。足音もしたかもしれない。耳鳴りがうるさくて、あまりよく聞こえないのだ。鼻だけは妙に利《き》いている。血の臭いと、吐いた胃液の臭い。

今何時だろう。

俺は誰かを待っていたんじゃなかったか？

誰かを信じて、待っていなかったか？

思い出せない。耳鳴りがうるさい。

耳の中でずっと雨が降っているようだ。血管の中で血が流れている音なのかなと考える。とすれば、この雨の音がやんだとき、俺は死ぬのかもしれない。……死ぬ？　それはおかしくないか？　なんで俺が死ななくちゃならない？

『因果応報ってやつさ』

まただ。

また奴が現れた。俺と同じ顔の男。でも今はスーツを着ている。高そうなスーツ。

『おまえは人殺しだ。だから死ななきゃならない』

「……俺は……人殺しなんかじゃ……」

『彼を殺したじゃないか』

「……」

『彼を殺した。死に追いやった。おまえはまだ持っているだろう、あの手紙を。捨てられないだろう？』

――先輩！

ふいに兵頭《ひょうどう》の声が聞こえた気がした。俺はビクリと震え、あたりを見回す。けれど姿は見えない。兵頭ではなく、俺の分身が俺の肩を摑んで揺さぶっている。

『人殺し』

「あ……や、やめてくれ……っ」

――先輩、しっかりしてください！　ちくしょう、あの野郎なにしやがった！

『おまえも死ねばいいんだ』

「いや、だ。やだ……放してくれ！」

――章《あきら》？　章、どうした。僕だ、もう大丈夫だ！

『大丈夫なものか。死んだ人間は帰ってこない』

「し、死ぬなんて……思わなかっ……ひっ……」

『死ぬさ。人は案外簡単に死ぬぞ。おまえの父親も母親もそうだったじゃないか。おまえをおいて死んだじゃないか』

――薬だ。伯田《はくた》さん、奴が持ってたヤクは？

――新しい合成麻薬です。エックスと似た作用ですがより強烈で、ダウナー時に幻覚が多く出るって話です。

――ひどい血だ。すぐ病院に運ぼう。

――待て。キメてる最中に病院搬送なんかしたら、あとで厄介なことになる。伯田さん、連城《れんじょう》を呼んでくれ。工具も持ってこさせろ。足枷《あしかせ》を切らねえと。

――連城とは誰だ。

――うちで使ってる医者だ。……先輩、聞こえますか、俺の声が聞こえますか！

いやだ。

叩かないでくれ、俺を叩かないでくれ。

悪かった。全部俺が悪かったんだ。俺が彼を殺したんだ。信じられなくて殺してしまったんだ。

俺がちゃんと信じてやれていたら、彼は死ななくてすんだんだ。

『告白しろよ、おまえの罪を』

——先輩！

「こ……殺し……」

——先輩、俺を見てください！

「殺した……俺が殺した……俺が……俺は弱いから……どうしようもなく弱いから……信じてやれなかった……」

——章！　それは違う、おまえのせいじゃない！

「俺が殺し……」

ふいに匂いがした。

ひどい臭気の中に、ムスクと柑橘系《かんきつけい》の甘い調和が流れる。俺の好きな匂いだ。よく知っている匂いだ。……包まれると、安心する香りだ。

先輩、と呼ばれた気がした。

温かい腕がそこにあった。この腕に縋《すが》っていいのだと、身体の奥から囁《ささや》きが聞こえた。

『そいつにも、おまえが人殺しだと教えてやれよ』

束の間の安堵を切り裂く言葉に、俺は腕から飛《と》び退《の》いた。かなり激しく動いたらしく、後頭部をガツンとどこかにぶつける。壁だったのか、扉だったのかわからない。くらくらしたが、その痛みが俺の視界をクリアにした。

「先輩！」

兵頭の声だ。

兵頭がいる。章、と心配そうな声を出したのは七五三野《しめの》だ。

俺はふたりになにか言おうと思ったのだが、うまく声が出ない。けれど、視線を合わせることはできた。

兵頭が俺を抱き上げ、伯田がその間にベッドから引き剝がしてきた布団をガラスだらけの床に敷く。俺は柔らかな布団の上に下ろされ、さらに毛布で包まれた。ただし、手と足は出したままだ。血だらけの上に、ガラスの破片がいくつか刺さっている。七五三野が俺の近くに屈《かが》み込《こ》み「深いのはないようだ」と少し安心したように言った。

「ひょ……ど……」

「もうすぐ医者が来ます。薬を飲んだのは何時頃ですか」

「ゆう、がた……」

兵頭が伯田を見る。

「量にもよりますが、そろそろ抜ける頃です。……ひとりでよく耐えたもんだ」

後半は独り言のような呟きだった。視界はまだ霞《かす》んでいる。けれどもう、俺と同じ顔をした幻はいなくなっていた。傷の痛みがズキズキとリアルに感じられて、自分が薬物の作用から解放されつつあるのを知る。

「何時、だ……？」

兵頭に抱かれ、七五三野に足のガラスを取り去ってもらいながら、俺は聞く。

「明け方五時近く」

「六時には……朝比奈《あさひな》が戻るから……」

「朝比奈が？」

怪訝《けげん》な声で聞き返しながら、兵頭が伯田から濡れタオルを受け取る。温かなタオルで顔を拭かれた。タオルが真っ赤に染まり、自分がどれだけひどい顔をしていたのかと俺は驚く。

「自分と同じところまで落ちてきたら……俺を信用するって……」

「それであんたはヤクをキメたんですか？　そこまでのバカとは知りませんでしたよ」

自分から薬を飲んだわけではないが、今はその説明をするほどの余裕はない。俺はとにかく、ここで朝比奈を待ちたいと伝えなければならなかった。

「朝まで俺がここにいれば……自首する」

「朝比奈がですか？」

俺は頷いた。

咳き込むと、兵頭が背中をさすってくれる。声が嗄《か》れて、喉が痛い。もしかしたら、俺は夜中じゅうひとりで喋《しゃべ》っていたんじゃないだろうか？

「章、僕には朝比奈が来るとは思えない。すぐここを出て……」

「来る。きっと……来るから。約束したんだ……」

（偽善者め）

ふいに聞こえた声に、俺はぎくりと身を竦《すく》めた。兵頭に抱かれたまま「どうしたんです」と聞かれ、ガクガクと首を横に振った。幻聴だ。そうだ、幻聴だ。薬物が引き起こす作用だ。けれど、俺は知っている。幻聴の生まれる場所は自分の内部だ。奥深く、普段は厳重に隠しているパンドラの箱。その細い隙間から……黒い幻たちは生まれてくる。

「朝比奈を、待つ」

兵頭の目を見てそう言った。パンドラの箱がカタカタ動いて、俺を嘲笑う。俺にしか聞こえない嗤《わら》い声《ごえ》は、耳ではなく心の中にズキズキと刺さった。

それでも、俺は朝比奈を待たなければならない。

約束したのだ。朝まで俺がここで耐えたら、朝比奈は俺を信じてくれると言ったのだ。

「章、無茶だ。おまえ発熱してるんだぞ」

「いいでしょう。あと一時間だけ、待ちます」

兵頭の言葉に、七五三野が「おい」と険しい顔を見せる。

「なにを考えてる。医者が来て応急処置をすませたら、一刻も早くここから離れるべきだ」

「それじゃ終わらねえ」

「なんだって？」

聞き返した七五三野に、兵頭が眼鏡《めがね》の奥から鋭い視線を向ける。

「先輩の中で、ケジメがつかねえってことだ。てめえで決めた以上、最後までやり通せないと後悔が残る」

「だが、朝比奈は……」

来ない。来るはずがない。

七五三野はそう言いたかったのだろう。兵頭だって同じことを思っているはずだ。朝比奈は俺を拘束していなくなったのだ。逃げたと考えるのが当然だ。

それでも俺は「待たせてくれ」と繰り返した。

俺だけが朝比奈を信じていた。信じたかった。たとえそれが、偽善的な自己暗示にすぎなくても、俺は他に方法を知らないのだ。

少しでも——他者と近づける方法を。

ボロボロのうえに高熱を出し、俺は入院した。

非合法の薬物を摂取したことはわかりきっていたが、医師は届けを出さなかった。医師法に違反するものの、兵頭の口利きで入った個人病院だ。この程度は日常茶飯事なのだろう。

熱が下がるのに三日かかった。

手のひらと足は傷だらけだが、幸い大きな血管や神経を傷つけたものはない。足の裏は切っていないので、歩くこともできる。まあ、正直かなり痛いが、痛み止めを処方してもらっている。

顔もガラスでちょっと切った。たいして深くないのでぺたりと絆創膏《ばんそうこう》が貼られただけだ。

「本当に、心配したんですから」

見舞いに来てくれたさゆりさんに、さんざんお説教を聞かされた。俺は苦笑しながら何度も謝り、剝いてもらったリンゴを食べた。ウサギさんになっているリンゴなんて、何年ぶりだろう。

薬物に関してはさゆりさんにも伏せられている。俺がヤク中になりかけた一晩を知るのは、兵頭と七五三野、キヨ、伯田、そしてここの医者だけだ。

キヨも見舞いに来てくれた。

相変わらず無口だったが、点滴に繫《つな》がれ、頰に絆創膏を貼った俺を見てなんとも情けない顔になった。キヨにしろさゆりさんにしろ、いつも危ないところを助けられ、みっともない様を見られてしまう。だからこそ、俺にとっては家族のようにも思える。

「拉致《らち》られたって？　だせーな、芽吹《めぶき》さん」

憎まれ口は智紀《とものり》だ。入院して四日目、キヨにくっついてやってきた。可愛い顔で可愛げがないのはいつものことで、だが持ってきてくれたシュークリームはめちゃくちゃうまかった。

俺が口にクリームをつけてはぐはぐとシュークリームを食っていると「そういえばさ」とパイプ椅子に座った智紀が言う。

「あいつ、どうした。斎藤《さいとう》っての」

「ああ、詐欺グループからは足を洗って、あのとき一緒にいた満雄《みつお》くんのところにいるはずだ」

そっかあ、と智紀もシュークリームの箱に手を入れる。キヨはアヤカから届いた花の水を替えに行っていた。

「よかったじゃん。目が覚めたんだろ。芽吹さんの鍋作戦《なべさくせん》のおかげじゃん」

智紀なりに、俺を励ましてくれているのだろう。俺は苦笑いを浮かべて、ふたつめのシュークリームに手を伸ばす。キヨが戻ってきて「……まだある?」と慌てて箱を覗き込んだ。

朝比奈は来なかった。

俺たちは六時半まであのウィークリーマンションにいたが、来なかった。俺はそのまま病院に入り、今に至るわけだ。

翌日の夜遅くには七五三野が顔を見せた。もう消灯を過ぎていたが、七五三野のルックスと弁護士バッジは看護師たちの黙認を得ている。俺も個室なのをいいことに、まだベッドで本を読んでいた。

「章。具合はどうだ」

「うん。もう平熱だし、飯も普通に食ってるよ。じきに退院だ」

どれどれ、と七五三野は俺の額に手を当てる。そして「まだ少し熱くないか？」と眉を軽く寄せ、俺を笑わせた。

「もう五日だぞ。そろそろ出てもいいだろ」

「退院しても、ちゃんとさゆりさんの言うことを聞くんだぞ」

「おいおい。俺は子供じゃないって」

そう言い返したものの、迷惑をかけまくった身としては、いまひとつ説得力がない。俺は改めて七五三野に向かって頭を下げ「心配かけて、ごめんな」と詫《わ》びる。

「よしてくれ、他人行儀だな」

「昔から、おまえには世話になりっぱなしだ」

「いや。悔しいが、今回よく動いたのは兵頭だ。弱ってるおまえを抱き締める役も取られた。一生の不覚だ」

タイのノットを緩め、七五三野がふざける。俺は「勘弁しろよ」と苦笑し、枕に背中を預けた。

「——章。あのな」

パイプ椅子に腰掛けた七五三野が、僅《わず》かに言葉を躊躇《ためら》うのがわかった。それだけで、俺はなんの話が始まるのかを察する。

「うん」

「ニュースは、見たか」

俺は静かに「見たよ」と答える。なんのニュースかを問う必要はない。

「そうか。……現時点で、俺が知ったことだけ、報告しておこうと思うんだが」

「ああ。聞きたい」

七五三野はあえて感情を交えず、業務連絡のように淡々と言葉を並べていく。

いわく、朝比奈の上の連中……おそらくは真和会《しんわかい》絡みの者たちは、朝比奈が薬物中毒に陥《おちい》っているのを知っていた。トシと呼ばれていた男が逐次報告していたのだろう。これではもう使い物にならないと踏み、朝比奈をリーダーとしていた詐欺グループを解散させることに決めた——。

「朝比奈とおまえとの接触を、上の連中はすでに知っていたようだ。だが、おまえが検事・弁護士だった経歴を知り、下手な手出しをすることは避けたんだろう。その代わり、朝比奈に命じた。おまえを一晩監禁しろとな」

そして俺の動きを封じていた一晩で、詐欺グループは別のウィークリーマンションに構えていた拠点から、綺麗さっぱり消え失せた。あらゆる証拠を隠滅し、近くまで迫っていた捜査の手からひらりと逃れてみせた。

要するに、俺は最初から騙《だま》されていたのだ。

「警察は歯嚙みしているだろうよ。……僕もだがね」

七五三野が悔しげに言った。

詐欺グループのメンバーは散《ち》り散《ぢ》りになったらしい。その中から、また新しくリーダーとなる者が出るはずだ。今日もどこかで、そいつらは人を騙しているのかもしれない。

けれどその中に朝比奈はいない。絶対にいない。

心を入れ替えて犯罪から手を引いたからではなく——すでに死んでいるからだ。

病院のロビーにあるテレビで、ニュースを見たのは夕方だった。涼やかな顔をした男性アナウンサーが、耳に心地よい声で信じがたいことを喋っていた。

——今朝方、台東《たいとう》区のビジネスホテルで死亡している男性が発見されました。所持していた免許証などから、男性は朝比奈亘《わたる》さん二十七歳と判明。外傷などはありませんでしたが、警察は周囲に事情を聞くなどして、捜査を進めていく方針です。

「朝比奈の検死結果が出た。薬物の多量摂取による心臓発作が死因だ」

「そうか」

「警察は朝比奈が詐欺に関わっていることを摑んでいたが……死人はもう裁けない。自分で薬の量の加減が利かなくなった、事故死の線で固まりそうだ」

「うん」

「だが、実際は……」

七五三野はその先を言わなかったが、なにを言いたいのかは俺にもわかっていた。

朝比奈は事故死ではなく、殺されたのではないか。役立たずのヤク中になった詐欺グループのリーダー。もし警察に捕まれば、なにを喋るかわからない。それを恐れた組織が、朝比奈を始末した——ドラマの筋書きのようだが、ないとは言い切れない。

あるいは、本当に事故なのかもしれない。ヤク中の末路など、たいがい決まっている。朝比奈は放っておいても自滅するだろうと判断した可能性もある。いずれにしろ、真実はわからない。

いや。知っているかもしれない奴がひとりいる。

俺を病院に放り込んで以来、一度も顔を見せないあいつは、本当のことを知っているのかもしれない。けれど……真実を知ってなんになるのだろう。

朝比奈は死んでしまった。俺を騙したまま死んでしまった。

俺のことを「先生」と呼ぶ声だけが、まだ耳の奥に残っている。


結局、俺は十日の入院生活を送った。

最初の数日は熱にうなされていたのだが、平熱に戻ると暇を持てあましてしまう。ひとり若くて可愛い看護師さんがいて、彼女が検温に来てくれるのがささやかな喜びだった。ウェストがキュッとしてて、あまり化粧っ気のないお肌はつやつやで、しかもとても優しいのだ。

「芽吹さん、ネゴシエーターなんですってね。かっこいいなあ。私が誘拐《ゆうかい》されたら、犯人と交渉してくださいね」

などと言われ、やにさがっていた俺である。

ちなみに誘拐犯との交渉は、今のところしたことはないし、今後もたぶんしないだろう。でも、この看護師さんのときだけは俺がしてあげたいなあ、などとアホなことを考える。いや、誘拐なんかないほうがいいけど。そんな素敵な彼女だったが、採血ばかりは勘弁してほしかった。まだ新人のせいか、とにかく下手なのだ。針先で血管を探すのは本当に勘弁してほしい。血を採《と》るときだけは、荒浪《あらなみ》部屋からオファーがきそうなどっしりした師長さんを希望したくなった。

なんだかんだで親しくなった看護師さんたちに見送られ、俺が病院を出たのは午後二時を回ったところだ。

迎えに来ていたのは黒いカローラだった。

手持ち無沙汰に煙草《たばこ》を吸っている長身を見て、やっと来たか、と俺は思う。べつに待っていたわけではないけれど……いや、待っていたのかな。キヨやさゆりさんのところに電話が入っているのは知っていたし、俺の様子を気にしているのも聞いていた。なのに当の本人が姿を見せないのは、ちょっと面白くなかった。普段はあれほどしつこくつきまとってるくせに、人が暇なときに限って来ない。

「元気そうじゃないですか」

俺を一瞥《いちべつ》し、つまらなそうに兵頭が言う。

珍しくスーツを着ていない。黒いニットに、アイボリーのトラウザーズ。髪も普段ほどかっちりはまとめておらず、なんだか若く見える。俺はさゆりさんが持ってきてくれたシャツにカーディガン、コーデュロイのパンツ、さらに兵頭に借りっぱなしのコートを羽織っていた。

「元気になったから退院するんだろ」

見舞いに来なかった恨みのせいか、ツンとした声になってしまった。そんな俺を兵頭が鼻先で笑い「そんな口が利けるんなら安心だ」と返す。

「運びこんだときには血だらけのゲロまみれで、今にも死ぬかって様子でしたけどね」

「……悪かったよ。迷惑かけた」

頬にまだ貼ってある絆創膏を気にしながら俺が謝ると、兵頭は「べつに」とだけ言って、車のキーを弄《もてあそ》ぶ。なにがどう「べつに」なのかはよくわからない。今日は伯田はおらず、自分で運転してきたらしい。

「言っておきますが、俺はタクシーじゃないから行き先の指定はできません。乗ったら、俺のマンションへ直行ですよ」

「いいよ。おまえに聞きたいこともあるし」

俺の答えは意外だったらしい。兵頭は束の間黙り、やがて軽く眉を上げると「じゃあ、どうぞ。せいぜい安全運転を心がけますから」と助手席のドアを開けた。

俺たちはカローラに乗り込み、兵頭の住むマンションに向かった。

俺が入院生活を送っているうちに、世間は師走《しわす》に入っている。クリスマスの飾りつけをしているショーウィンドーを眺め、そうか、もう年末かとしみじみ思った。

時の流れは速い。なのに、いつまでも忘れられないことがある。

二十分ほどでマンションに着く。

地下の駐車場を経由して、二階にある兵頭の部屋へ入った。病院とは違う、生活感のある空間に俺は安堵の息をつく。この部屋はもはや、自分の部屋の次に馴染《なじ》んだ空間になっている。

俺はリビングのソファに腰を下ろした。

柔らかい鞣《なめ》し革《がわ》が、しっとりと身体を包んでくれる。昼間だというのに、兵頭はグラスにウィスキーを注《つ》いで俺に手渡した。カチンと軽くグラスをぶつけて「退院祝い」と愛想なく言う。

こいつに愛想がないのはいつものことだが——気のせいだろうか。

なんだか兵頭がよそよそしく感じるのだ。俺の隣に座ったが、微妙に間を空けていた。何度もここで人を押し倒しているくせに、今日は俺の顔をあまり見ようとしない。

「見舞いに行けなくて、すみませんでした」

俺ではなく、手の中のグラスを見ながら兵頭が言う。

俺は「いいさ」と答えて、兵頭の横顔を眺めていた。いくらかやつれたのではないか。顎《あご》にほんの少し、髭《ひげ》の剃《そ》り残《のこ》しがある。身なりに気を遣うこの男には珍しいことだ。

「忙しかったんだろ」

「そうでもないですけどね」

「嘘つけ。忙しかったはずだ。おまえが真和会の幹部に会いに行ったのは知ってるぞ」

兵頭がやっと俺を見る。

男らしい眉をギュッと寄せて「誰が漏らしたんです？」と怖い顔を見せた。

「あ。やっぱ、そうなのか」

「……あんた、カマかけやがったな」

悔しげな顔の兵頭が舌打ちし、俺は小さく笑う。

「わりと簡単に引っかかるんだな、おまえ」

「俺にカマかけるような命知らずは滅多にいないんでね」

「朝比奈の件で行ったんだろ」

兵頭はなにも答えなかった。横柄な様子で足を組み、煙草に火を点《つ》ける。

「やっぱりあいつ、殺されたのか」

俺は重ねて聞く。兵頭はだんまりのままだ。

それでも俺は辛抱強く返事を待った。兵頭は煙草一本を吸いきるまで、口を開かなかった。組の内情に関わる話だ。安易に喋っていいはずがない。

「どうだかね」

やがて、クリスタルの灰皿で煙草を消しながら、兵頭が呟く。

「俺にもわからないんですよ。確かに俺は、真和会本部へ出向いた。朝比奈たちが拠点にしてたウィークリーマンションがあったのは、周防組《すおうぐみ》の縄張りでしたからね。ガサ入れなんかがあった日にゃ、こっちに飛び火しかねない」

でも、と兵頭は続ける。

「たいしたネタも摑めないまま、ていよく追い返されましたよ。ま、しかたねえ。真和会の幹部連中からすりゃ、おれなんかまだまだ小僧っ子だ」

「……おまえは知ってたんだな。連中が朝比奈を切ろうとしていたことを」

「知ってましたよ」

「知ってて、俺に黙っていたな」

「だからなんだってんです。相手は真和会ですよ？　あんたがそれを知ってどうすると？」

苦々しく吐き捨てられた言葉は真実だった。

俺はなにもできない。なにひとつできなかった。

朝比奈も、その家族も、誰も救えなかった。ただ騙されて、薬を飲まされて、周囲に迷惑かけただけだ。兵頭を責められる立場ではないし、責める気もなかった。

「俺だって、なにもできません。これでも周防の顔です。真和会にたてつけるはずがない」

「……でも、行ってくれたんだろ」

ぼそりと俺が言うと、兵頭は聞こえないような顔で新しい煙草に火を点ける。

「真和会の幹部に会ったのは、俺のためもあったんだろ」

兵頭は俺を見ないまま「違うって言ってんでしょうが」と惚《とぼ》けた。

「ウチの縄張りでごたごたが起きるのはご免なんですよ。……俺はヤクザですからね。あんたの役になんか、立つはずがない」

「……そうだな」

決して認めない兵頭だが、俺は病院に来てくれた伯田からこっそり事情を聞いていた。

兵頭は、周防組長に頭を下げたそうだ。朝比奈の件は自分に預からせてくれないかと、手をついて頼んだという。組長はそれを拒んだ。詐欺グループの統括は真和会の仕事《シノギ》だ。自分に判断できることではないと、兵頭に言って聞かせた。それならせめて、真和会へ出向くことだけでも許してほしいと兵頭は懇願し、組長も折れたそうだ。

場合によっては自分の立場が危うくなるにも拘《かかわ》らず、兵頭は真和会へ直談判《じかだんぱん》した。自分の知る限り、若頭が私情で動いたのはこれが初めてですよ——伯田はそうも言っていた。

けれどすべては無駄だった。真和会は、口を出すなと兵頭を追い返しただけだ。

巨大な組織の前では、この男ですら無力だった。

まして俺に——なんの力もあるはずがない。誰かを救えるはずもない。心のどこかで、救えるかもしれないと思っていた自分の厚顔さが、恥ずかしくてたまらない。

「なあ、兵頭」

俺は半分ほどに減ったグラスをテーブルに置き、ふう、と息をついて天井を見た。

「なんです」

「俺は、朝比奈を信じてなんかいなかった」

少しばかり、勇気の要《い》る台詞《セリフ》だった。

けれど俺は告白したかった。自分の過ちを誰かに聞いてほしかった。誰でもいいわけじゃない。自分の弱さをさらけ出せる相手でなければ、だめなのだ。

兵頭が訝《いぶか》しむように、こっちを見る。

「信じたいとは思っていた。でもそれは、信じていないからだ。信じてなんかいないから、信じたいと願うんだ。本当に信じるっていうのは、そういうのとは違う――努力なんか必要としない。なにもせずとも、ただ信じられるんだ……」

「またそうやって、理屈をこねる。あんたの悪い癖だ」

「でも本当のことだ。俺はどっかで、あいつはもうだめなんじゃないかと思ってた。今さらやり直すなんて無理なんじゃないかってな。俺はべつにあいつのためにあれこれ動いてたわけじゃない。自分の中にある、罪の意識みたいな……あいつとその家族のその後をぜんぜん知らなかった自分に対する悔恨が……そうさせてたんだ」

誰かのためを思うふりで、自分のために動いている。

情けないことだが、偽善者と罵られても言い返せない。

「先輩と奴のことは、あのいけ好かない弁護士から聞きましたけどね」

兵頭はグラスの酒を飲み干すと、身体ごと俺に向いた。

「あんたはきっちり自分の仕事をしただけでしょう。なのに、なんでそう自分を責めるのか俺にはわかんねえ。いいですか、先輩。人間が人間を信じられないなんてのは、当たり前のことだ。だから世界中で戦争が起きてんでしょうが」

大きな手が、俺の後頭部をがっしりと摑んだ。

「欲張りなんだ、あんたは」

吐息が近い。ウィスキーと煙草の匂いがする。

「少しでいいんですよ、信じられる相手なんてのは。数人いりゃあ御《おん》の字《じ》だ」

正論だなと思った。確かに俺は欲張りすぎているのだろう。

「おまえは？」

「俺が、なんです？」

強い力で引き寄せられる。

「おまえは、俺を信じているか？」

聞いてから、馬鹿な質問だと思った。兵頭と俺は仕事仲間ではない。家族でもない。キヨやさゆりさんでもないのに、この男に信頼を求めてどうするのだ。

そもそも、同じ質問をされたら？　俺は兵頭を信じていると答えられるのか？

「悪いが、あんたなんか信じてないですよ」

「……だよな」

「信じちゃいないが──惚れてます」

思いがけない返答に、俺は言葉もなくして面食らう。兵頭は俺の顎《あご》を取り、絆創膏のないほうの頬と、瞼《まぶた》に口づけた。

「兵……」

「惚れた相手ほど、信じられない」

「……」

「俺の見てないとこでなにしてやがるかと、いつだって疑心暗鬼です。ちょっと目を離した隙に、拉致されて、ヤクなんか飲まされて……」

耳元に下りてきた吐息とともに、囁かれる。身体の力が抜けてしまう。一週間、ほとんどベッドで過ごしていたので、腕も足も力が入りにくい。

どさり、とソファに押し倒される。

「風呂場に繋がれたあんたを見たときの、俺の気持ちがわかりますか？」

覆い被さってきた兵頭に見下ろされ、俺は「わ……悪かった、よ」と謝るしかない。

「あんたはすっかりできあがってて、俺を見ながら変なこと口走るし」

「……俺、なにを言った?」

俺はそう尋ねた。

これが一番気になっていたことだ。兵頭に会って、聞きたかったことだ。

自分でも、うっすらと記憶は残っている。自分と同じ顔の幻が見えて、えらく糾弾《きゅうだん》された。

忘れられるはずもない過去の過ちを——激しく問い詰められた。

きっと、とんでもないことを言ったはずだ。

正直、聞くのは怖いが確認しなければならない。

「もう忘れました」

「嘘つけ。俺、言っただろ。人を……」

「し」

唇が柔らかく押しつけられる。

久しぶりの感触を、俺は目を閉じて堪能した。兵頭の唇はいつも少しかさついていて、それがキスが深くなるにつれ、しっとりと濡れてくる。

「あんたの過去なんか、どうでもいい」

唇を離して、兵頭が囁く。

「あんたの現在《いま》だって、どうでもいいくらいだ。あんたが聖人君子だろうと、極悪非道だろうと、人を信じようと信じまいと、関係ないんですよ」

鼻の頭が触れそうだ。近すぎて、目を合わすことすらできない。

「どんなあんただって、手放す気はねえ」

吐息が唇にかかる距離で言われ、背中にさざ波が立つ。胸の奥に広がる小さな痛みと感慨を、俺はどう解釈すべきなのだろうか。

困惑と羞恥《しゅうち》で、思わず顔をそむけてしまう。すると今度は耳たぶを優しく噛まれた。それだけで声を上げそうになってしまい、俺は息を詰める。

「——くそ。ヤリてぇけど……まだ、無理ですかね」

真面目な顔で聞かれて、俺はつい笑ってしまった。ストレートでわかりやすいが、ムードもなにもあったもんじゃない。まるでやりたいさかりの高校生だ。

「無理って言ったら我慢するのか」

「……途中までにします」

「は？　途中って？　途中下車みたいなもんか？　東海道《とうかいどう》新幹線で言うと静岡《しずおか》くらいとか？」

「いや。せめて京都まで」

なんだそれ。京都の次はもう終点の新大阪じゃないか。弁当食い終わって、ひと眠りして、車内販売のあんまりうまくないコーヒーを飲んでるあたりだ。そんな半端《はんぱ》なところで降りられちゃ、こっちだって困る。

俺は兵頭の首に両腕を巻きつけた。

「怪我《けが》してるとこには、触るなよ」

顔を見るのは照れくさかったので、ぎゅっと抱きついてあいつの首筋に顔を埋《うず》めた。兵頭は俺よりもっと強い力で抱き返し「俺が舐めたら治りませんかね」などとアホなことを言う。こいつの場合、実際やりかねないからちょっと怖い。

一度身体を離し、俺はバスルームに入った。

兵頭は「あとでいい」と言い張ったが、十日間の入院で、風呂を使ったのは二度だけだったから、さすがに身体を洗いたかったのだ。手足の絆創膏の上に防水パッドを貼り、シャワーを浴びる。顔はどうせかすり傷だったので、絆創膏を剝がしてしまった。ぴりっ、と湯が染《し》みた。

「遅い」

「うわっ」

脱衣所で身体を拭いていると、兵頭がいきなり入ってくる。

まだ半分濡れている俺はバスタオルで包まれ、寝室へと連行された。

「おいっ……そう焦らなくても……っ」

「焦りますよ。何日あんたに触ってないと思ってんですか」

自分も慌ただしく服を脱ぎ、腹を減らした獣が覆い被さってくる。お湯を浴びたばかりの俺のほうが温かいはずなのに、兵頭も同じくらい皮膚温度が高かった。

口の中を掻き回すようなキスをされる。

口づけながら、兵頭はこれ以上はないというほどに身体を密着させてきた。俺に当たる兵頭のそれは凶器じみて硬く、熱く、俺のものをゴリゴリと刺激してきた。

「……っ……」

「声」

「……え」

「声、噛むな。……聞かせてくれ」

首筋に噛みつきながら、そう言われる。聞かせろ、ではなく、聞かせてくれ……懇願されると俺は弱い。特に普段は不遜な男に請われると、不覚にも唇が緩みそうになる。

ぷつりと尖った乳首に、兵頭の舌が這う。弾くように舐められると、身体が竦む。コリコリとした弾力を確かめるように、兵頭の舌が纏《まつ》わりついた。

「ん……」

顎を引くと、唾液でべったりと濡れた自分の胸と、そこに吸いつく兵頭が見える。たまらなくなって身を捩《よじ》れば、なんだか物欲しげな痴態めいてしまい、兵頭がもう片方の乳首に唇を移した。温かい舌を失ったほうには、節高な指が訪れる。

「あ……あっ……」

両方をいっぺんに責められると、快楽は倍どころではない。胸への刺激が尾《び》てい骨《こつ》に響き、腰の一帯を甘ったるく痺れさせる。

誓って言うが、昔はこんなじゃなかった。

男の俺にとって乳首なんぞ、たいして意味のない存在だった。他も同じだ。首筋、耳の後ろ、膝頭。そんなところで吐息が乱れるほど感じるなんて、フィクションの世界だけだと思っていたのに——。

兵頭の前歯が乳首を挟む。

「あ！」

ビリッ、と背筋をなにかが走り抜ける。

「……っ、や……噛む、な……っ」

「大丈夫……噛みちぎったり、しませんよ……したい気もするけどな……」

怖いことを喋りながら、やわやわと、ときにきつく噛んだ。快楽と痛みの中間点で、俺が一番身悶《みもだ》えるのを、こいつはとっくに知っている。

心拍数が上がり、呼吸が乱れる。兵頭の手は俺の下半身に届き、すでに先端を濡らしているものを無視して、内腿《うちもも》をいやらしくさする。

「なに……焦らしてんだ……っ」

「触ってほしいですか？」

「あ……あ……怒る、ぞ……」

怒られたくねえな、とエロ男がにやにや笑う。

兵頭は俺を引き起こし、自分の上に跨《また》がらせた。いわゆる座位なのだが、この体勢だと互いの顔がばっちり見えるので俺は苦手だ。なのに文句を言う間もなく口づけられ、兵頭の右手はまた俺の乳首を弄《いじ》くり回《まわ》す。

「……ん……っあ！」

乳輪ごと摘まれ、引っ張られた。俺は声を立てて背を仰《の》け反《ぞ》らせる。強い刺激が下半身を疼《うず》かせるが、兵頭は相変わらず俺のペニスを無視し、晒《さら》された喉に噛みついてきた。こっそり右手を股間へ持っていこうとすると、たちまち兵頭の左手に阻《はば》まれる。

「あ、あッ、や……」

仕方なく、俺は身体ごと兵頭に擦り寄る。互いの腹が近づけば、おのずと屹立同士が擦れ合った。俺の濡れた先端が兵頭の熱い茎《くき》に触れ、ずるっと滑る。

「ああ！」

たまらなかった。強すぎない半端な刺激が、俺をいっそう惑乱させる。喘《あえ》ぎながら押しつけるようにすると、兵頭がゴクリと喉を鳴らした。

「先輩……今日は……またいっそう……」

「う、うるさい……黙って……あっ……」

いつもより乱れている自覚は俺にもあった。自分で考えていたよりずっと、俺の身体は兵頭を渇望していたらしい。

身体だけではない。兵頭との接触を欲していたのはむしろ心のほうなのかもしれなかった。

たぶん、今の俺はちょっとばかしナーバスなのだ。

殴られただの、脅《おど》されただの、怪我をしただの——その程度ならばもう慣れた。さほどのダメージは受けない。だが朝比奈の死には参った。正直、彼の死を知ったここ数日、俺はまともに眠れていない。入院中も、昼間は看護師さんたちと雑談して笑っていられるのに、夜ひとりになるとだめだった。睡眠薬を処方してもらうことも考えたが、結局、医師には伝えなかった。

兵頭と会えば、なんとかなる気がしていた。

兵頭と会えば……ちゃんと眠れるんじゃないかと思った。

いつのまに兵頭は——こんなに俺の近くまで来ていたのか。匂いだけで、俺を安堵させるほどの存在になっていたのか。

なんだか、怖い。

強引に踏み込んできたはずの男に、依存しかけている自分が怖い。

「腰、浮かして」

言われたとおりにすると、ローションを纏った指が最奥《さいおう》を探りだす。一番長い中指がずるずると根本まで差し込まれ、俺は嬌声《きょうせい》を上げた。指はゆっくりと、出たり入ったりを繰り返す。

「すげ……締まってる……」

「バカや……んんっ……」

自分のそこが兵頭の指を食いしばっているのがわかった。いつもと姿勢が違うので、脱力するのが難しいせいもあるし、俺のそこが兵頭を待ちわびているせいもあるだろう。

「だめですよ、そんなギュウギュウ絞《しぼ》っちゃ……もっと緩めて、早く俺のを咥えてください。

……ああ、くそ……早く入れてえ……」

兵頭の吐息も熱く、乱れている。俺は奴の肩を指が食い込むほどに摑んで「いいから」と言った。渦巻く快楽で、声がビブラートしてしまう。

「いいから……もう、入れて、いい……」

「まだ広がってない」

「い……いい、おまえので広げてくれれば、いいから……っ」

うわ、俺またエロいこと口走っちまった——と気がついたときには遅い。

兵頭が喉奥で「知らねえぞ」と唸《うな》る。腰を摑まれ、角度を調節された。

「う……くっ……」

兵頭の切っ先が俺のそこに宛がわれ、身体が沈んでいく。

こいつのが、腹が立つほどご立派なのはよく承知だが、今日はいっそう大きく感じる。まるで身体が裂かれるようだ。だが困ったことに、俺を引き裂くのは暴力的な痛みではなく、快楽の鋭い爪だった。

「先、輩……」

「あ、はあっ……！」

半分まではじりじり進んでいたが、残り半分は自重で一気に沈み込んだ。腹の奥にズンッと響く快感に、俺は顎を上げ、全身を緊張させる。すると兵頭への締めつけもグッと強まり、俺を抱き締めている男が甘く呻《うめ》いた。

兵頭はしばらくじっとしていてくれた。

もっともそれは腰の動きだけの話で、唇と指は盛んに俺の身体を動く。手のひらで尻の丸みを辿られ、鎖骨には歯形とキスマークをつけられ、なのにやっぱり肝心なところには触れないのだ。

「兵、ど……なあ……」

「なに」

「あ……こ、ここ、触っ……頼む、から……」

自分で触ろうとしても阻まれる。それなら兵頭の手を持っていくしかないという作戦に出た俺だが、あっさり「だめです」と却下される。

「あんたまだ、何度もできる身体じゃないでしょう。だから今日は、一度で我慢します。……その代わり、イクのは俺に合わせてください」

もっともらしく言うわけだが、俺にはよくわからない。こっちの身体を気遣ってくれているようで、実はすごく惨《むご》いことしてないか？　触ってほしくてたまらずに震える俺を眺めて、楽しんでたりしてないかこいつ？

「む……無理……だって俺、もう……」

「イキそうなんですか？　そりゃ困る」

「い……っ！」

兵頭の指が、いきなり俺を握った。

甘い愛撫ではない。一番根本を、指の輪できつく締め上げたのだ。

そんなことをされては、達することができなくなる。しかも、惨《みじ》めな呻き声をあげる俺の顎を軽く囓《かじ》り、奴はゆっくりと動きだした。

「く……あ、あっ……やめ……」

「先輩……」

ゆさっ、ゆさっ、と揺さぶられる。

俺だって体重は軽いほうじゃないが、兵頭の腰と腹筋は頑強だった。自分の重みで沈むため、いつもよりも兵頭を奥に感じる。

「や……深……っ……」

動きは次第に速くなっていき、俺は上体のバランスを崩す。仰け反るように背後のシーツに手をつくと、兵頭の剣先が一番弱いところを掠《かす》めた。

「……っ！」

ぶわりと膨らんだ快楽に、声さえ殺されてしまう。

兵頭が俺の反応に気づく。そのまましっかりと俺の身体を支え、仰向けにすると、今度は大きく脚を開かせた。自分のものを俺の中に埋めたまま器用に体勢を変えたものの、俺も奴も汗まみれなので、太腿《ふともも》がずるりと滑って持ち直された。両手を使っているため、やっと俺のペニスは締めつけから解放される。

「ふっ……は、あ……」

迫りくる射精感をなんとかやり過ごそうと、俺は必死で息を整えた。

兵頭が望むように、俺も奴と一緒に上り詰めたい。ふたりで砕ける波の中に身を投じて、粉々になってしまいたい——。

兵頭は俺の気持ちを察したのか、脚を抱えたまましばらくじっとしていた。膝に口づけられてくすぐったい。喘ぎながらも俺が笑うと、兵頭も口元を綻《ほころ》ばせた。その笑みがひどく優しくて、俺はなんだか泣きたいような気分になる。

しかし、どれほど優しかろうと、奴は飢えたケダモノだ。狼《おおかみ》だ。

「——休憩は、お終《しま》いです」

狼が腰を使いだす。

俺はその牙とペニスに、望んで引き裂かれる獲物だ。最初のうちはいくぶん矜持《きょうじ》を残しているが、結局身も世もなく乱れてしまう。

「あっ……あ、や……そこ、いや、だ……ッ」

「嘘、は……いけませんね……先輩……」

前立腺裏を責め立てられ、目尻に涙が滲《にじ》むほど感じてしまう。兵頭の灼熱《しゃくねつ》に体内を掻き乱され、俺は「いい」と「いやだ」を交互に言っていた。思考回路がオーバーヒートして、理屈屋の看板を下ろさざるを得ない。

体内に吹き荒れる嵐の中で、閉じていた目を開ける。

すぐそこに兵頭の顔があった。鼻の頭で汗の玉が光っている。それがどうしても舐め取りたくなって、俺は奴を引き寄せた。引き寄せたら、汗の玉よりキスのほうが欲しくなって、自分から唇を開き、舌を絡めた。

「……っ……先……ん……」

なにか言おうとする兵頭を許さない。

キスを続けながらも、兵頭の動きは止まらなかった。身体がぶつかりあう音、粘膜とローションの奏でる淫らな水音——そして荒い吐息。

「は……あ、あ、あ……ああっ！」

先に限界を迎えたのは俺だった。

兵頭の片手が屹立に絡みついた途端、抑えが利かなくなる。

後ろを穿《うが》たれながらの射精は、身体が崩壊するんじゃないかというほどに強い。快楽は尾てい骨から脊柱《せきちゅう》へと走り、脳内でスパークし、指先まで痺れさせる。

ひくひくと震える身体は、もう自分で制御できない。

「ひ、あ!」

まだすべてを出し切っていないまま、俺は悲鳴を上げた。達している最中だというのに、兵頭の動きがひときわ激しくなったのだ。埋め込まれたものをきつく締め上げている俺の内部を、乱暴なほどに強く抉《えぐ》る。耳元に聞こえるのは、まさしくケダモノの荒い息だ。俺はもう声もなく、兵頭の背中にしがみつくことしかできない。

「く……ッ」

色めいた呻きが聞こえる。

俺の身体を、ヘッドボードに近づくほど突き上げていた兵頭が動きを止めた。引き締まった身体がビクリと震え、俺の中に欲望が放たれる。

眉を寄せ、目を閉じた顔がやたらと色っぽい。うっすらと開いた唇も……そこまで考えて、自分も似たような表情を見せているのだろうと思う。

ぜいぜいと息をしながら、兵頭がシーツに肘をつく。俺の中で暴れていたものはまだ埋まったままだが、さすがに柔らかくなりつつあった。

「先輩」

兵頭が俺を呼んだ。俺は返事の代わりに、兵頭の背中をそっと撫で上げる。兵頭は俺の額に、自分の額をこつんとぶつけ「約束破っていいですか」と聞く。

「え？」

もうちょっと甘いセリフを期待していた俺は、意味がわからず聞き返した。

額が離れ、兵頭の顔が少し遠ざかる。目を合わせることができる程度の距離で、身体は相変わらず密着させたままだ。

「だめだ……やっぱり一度で、足りるはずがねえ」

「え？　えっ……」

俺の中で、柔らかくなりかけていたものが、再び硬度を増していく。

「おまえ、ちょ……なに、あ、嘘、だろ。……また、硬く……あっ……」

初めての経験に狼狽《うろた》える俺を見て、兵頭が「くそ、可愛いじゃねえか」と悪態をついた。いや、睦言《むつごと》なのか？　どっちにしろ、俺は慌てていた。

退院明けである。二度立て続けに頑張れる自信などない。

「兵頭、無理……無理だって……」

俺は必死に抗ったが、兵頭の腕は力を緩めない。

「先輩は、寝てるだけでいいです」

「そういう問題じゃ……あっ……ああ！」

カーン、とゴングの音が聞こえた気がした。

俺の意向などまったく顧《かえり》みず、二ラウンドめの開始である。

無茶だ。こんなのはひどい。相手は傍若無人《ぼうじゃくぶじん》で反則しまくりだというのに、こっちは最初からリングに沈んでいるのだ。

「や……っ、兵頭……！」

俺の声はすでに掠れている。

悔しいが、試合結果は目に見えていた。

※

「佐々木《ささき》さんとこの孫、離婚して戻ってきたそうだよ」

「あー、亭主が殴るとか言ってたもんねえ。うんうん、別れて正解さね。あたしゃあ時間の問題だと思ってたもの」

「それよか、伊東《いとう》さんが入院したの知ってるかい？　脚を折ったんだって」

「いやだねえ。年取ると骨が弱くなっちまって」

「カルシウム、カルシウム。ほら、ジャコせんべいあるよ？」

「だめだよ、ここんとこ入れ歯の調子が悪くって。もうすぐ雑煮《ぞうに》だってえのに……ふがふが」

「ちゃんと調整しときなさいよ。じゃ、そこのかっこいいお兄さん、どうだい」

きさくなおばあちゃんにジャコせんべいとやらを差し出され、七五三野登喜男《しめのときお》は困惑した。

空腹は感じていないし、特にせんべいが好きなわけでもない。しかし、おばあちゃんはニコニコと満面の笑みで、いらないと言える雰囲気ではなかった。

「ありがとうございます」

皺《しわ》ひとつないスーツ姿で、姿勢よく礼を述べる。

おばあちゃんたちが「いい男だねえ」と口を揃える。七五三野を拝む人までいた。仏様ではないし、まだ生きてる七五三野なのだがつられて手を合わせてしまった。

せんべいはかなり塩辛《しおから》く、これから講演をしなければならない七五三野としては喉の渇きが心配だ。お茶がないとつらいな、と七五三野は給湯室を目指す。たいして広くもない事務所なのに、今日ばかりは給湯室が遠い。人口密度が高いからである。

今年も残り少ない年の瀬、芽吹《めぶき》ネゴオフィスに集まりつつある人たちは二十人を越えていた。事務所にぎっしり詰まった多くは高齢者であり、芽吹のお年寄り人気を窺《うかが》わせる。『振り込め詐欺にあわないための講習会』を行うから、ぜひゲストとして参加してくれないか。そう頼まれたのは、今月の中頃だ。かなり急な話だった。

晩秋に起きた事件のせいで、芽吹は精神的につらい状態にあった。

かつて自分が弁護した青年の死は、あの優しい男に大きなダメージを与えた。会えば普通に振る舞うし、よく笑う。得意のオヤジギャグも健在だ。それでも芽吹につき纏《まと》う影が七五三野には見えていた。

頑張りすぎるのが、友人の欠点だった。

落ち込んでいるならば、そういう顔を見せればいい。やけ酒にだってつきあうし、弱音も愚痴もいくらだって聞くつもりなのに、芽吹は七五三野を頼らない。それが少し寂しい。

——あの男には、弱いところを見せるのか？

給湯室で番茶を啜《すす》りながらそんなことを考える。

芽吹と例のヤクザの関係は続いているようだ。初めてふたりの関係を知ったときにはショックだった。芽吹が同性と恋愛できる男だというのにも驚いたが、よりによって相手が暴力団とは……娘に「彼氏なの」とチンピラを紹介された父親はこんな気持ちだろうか。その場にちゃぶ台があったら、引っくり返したいほどの衝撃だった。

男なのはいい。それはしかたないと思える。

だがヤクザは……しかも、泣く子も黙らせると言われる、周防組《すおうぐみ》の若頭だ。周防より大きな組織に属する人間でも、兵頭《ひょうどう》の名前は知っている。見所があると褒める大親分もいれば、その名を聞いただけで腰の引けるチンピラも多い。一方で、夜の街で生きる女たちにはいたって評判がいい。そんなところも、実はむかついている。もちろん顔には出さないが。

「あ。七五三野さん」

給湯室に顔を出したのは紀宵《きよい》だ。きょろきょろと誰かを探している様子なので「どうしたんだ?」と聞くと、芽吹が見あたらないという。

「司会進行、張り切ってたのに……」

紀宵は手にしていたたすきを見て呟く。ぺらぺらの安っぽいたすきは、白地に赤字で『私が司会者です!』と書いてあった。阿呆《あほ》な学生の合コンなどで使われそうなパーティグッズだ。こういうものを用意しているあたり、芽吹のセンスは七五三野の理解を超えている。

「探してこよう。あと十五分くらいだな?」

コクンと紀宵が頷き、七五三野は混雑する事務所を出た。

講習会の話が出たときには、少し安堵した。芽吹が心の痛みから立ち直りつつあるのだろうと思ったからだ。でなければ、朝比奈《あさひな》を思い出させる詐欺の話などつらいばかりだろう。

——いや。あまり安心している場合ではないのか。

古い雑居ビルの階段を下りながら、七五三野は考え直す。昔から芽吹は自分の失敗に厳しい。他者に対しては寛容なのに、自分のことは許せないのだ。今回の講習会も、ある意味傷口に塩を塗るような行為と言えないだろうか?

正直、七五三野にはときどきわからなくなる。芽吹は果たして強いのか、弱いのか。自分が弱いと知りながら、それでも自分に厳しく生きていける者は、弱いと言えるのか。

途中の踊り場で、ふいに「すみませんでした」という女性の声が聞こえた。

芽吹の背中が目に入り、咄嗟《とっさ》に七五三野は数歩後ずさる。芽吹と一緒にいる女性に見覚えがあった。過去に会っているはずだが、思い出せない。

「お忙しい日とは知らず、連絡もせずに伺ってしまい……」

か細い声が謝罪する。品のいい美人だった。身を隠すつもりはなかった七五三野だが、タイミングを逸して出にくくなってしまう。

「いいえ、とんでもないです。……弟さんのことは……残念でした」

張りのない芽吹の声を聞き、七五三野は思い出す。

そうだ、彼女だ——朝比奈の姉だ。確か名前は頼子《よりこ》と言った。

頼子は最初「いいえ」と返したが、少しすると、上擦った声で言い直す。

「……後悔しています。私があのとき、あの子に会うと言っていたら……」

震える声に、七五三野はいっそう出ていきにくくなる。

頼子は泣いているようだ。ふたりの姿は見えないが、芽吹がごそごそとなにかを出して「これ、どうぞ」と渡す気配がする。ハンカチか、ティッシュかだろう。頼子が「ありがとう」と受け取り、さらにしばらく経ってから、

「今さらなにを言っても、あの子は帰りませんね」

と溜息交じりの声を出す。

「私も……残念で、たまりません」

そう返す芽吹の声からは、悲しみと悔しさの両方が滲《にじ》み出《で》ていた。

「芽吹さんには、本当にお世話になりました」

「私はなにも」

「あの子、裁判の間、何度も私に言ってたんです。俺はラッキーだったたって。芽吹先生は若いけど、すごい弁護士だ。俺をきっと助けてくれるって」

「いいえ。結局、私は彼を助けられませんでした」

ざり、と靴の裏がコンクリートを擦る音がする。再び溜息の零れる音もしたが、芽吹のものなのか頼子だったのかはわからない。

私ね、と頼子が声のトーンをいくぶん柔らかくして語る。

「あの子が死んだことを……彼女にも伝えなきゃならないと思ったんです。五年前にあの子が死なせてしまった人に。それが私の、家族としての責任のような気がして」

「では、お参りをなさったんですか」

「はい。お花を供《そな》えさせていただこうと思って、月命日に行きました」

そうしたら——と頼子は続ける。

「小さなお寺さんでしたので、ご住職がいらして。私が誰なのかお尋ねにはならなかったんですが『おや、今月はあなたですか』っておっしゃるんです」

「それは……どういう？」

訝《いぶか》しむ芽吹に、頼子は話した。

月命日ごとに、必ず墓参りに来る青年がいる。住職はそう教えてくれたそうだ。

この五年ほど、毎月、欠かさず。

人目につかない、夕刻か夜。あるいは早朝。新しい花を供えて、線香を焚《た》き、じっと墓を見つめて帰っていくのだという。

一度だけ、住職は声をかけたらしい。

――きっと、この方の魂は安らかですよ。

そう言うと青年は泣きそうに顔を歪めて首を横に振り、逃げるように帰ったそうだ。

「毎月、ですか」

芽吹が聞く。

声がかすかに震えていた。頼子の返事は聞こえないが、無言で頷いたのではないだろうか。芽吹がもう一度「毎月」と小さく呟く。

そのとき、芽吹の携帯電話が鳴った。痺れを切らし、紀宵がかけたのだろう。芽吹は電話に出たところで、七五三野はふたりに気取られないよう静かに事務所へ戻った。

思いがけない話を聞いてしまい、密やかに眉を寄せる。

朝比奈は罪を犯した。

彼なりの事情があり、優しい一面を持っていたにしろ、事実は曲げられない。七五三野は法に携わる者として、そう考える。せめて生きていれば、罪を償う機会はあったのかもしれないが

……今はそれを考えても虚しいだけだ。

ほどなく、芽吹も事務所に戻ってきた。

頼子はいない。帰ったのだろう。

その代わり、一緒に入ってきたのは――あいつだ。またあのヤクザだ。

威嚇《いかく》効果も充分な黒いスーツ姿で、ぐるりと部屋を見渡す。

ちょうどロッカーの陰に入っていた七五三野には気がついていない。

「いつからここは老人ホームになったんです」

兵頭は事務所の入り口に立ったまま嘯《うそぶ》く。

隣で芽吹が「おまえはじいさんになっても入れてやらないからな」と軽口を叩いた。いつもどおりの、誠実だが親しみがあり、どこかちょっと剽軽《ひょうきん》な芽吹に戻っていた。

「せっかくメシでもと思ったのに……」

「無理無理。今日は忙しいんだよ」

「そうだ。忙しいんだ。さっさと帰りなさい」

七五三野はお年寄りを掻き分けつつ、芽吹と兵頭の間にズイと入り込んだ。兵頭があからさまに顔をしかめて「てめえ」と凄《すご》む。それくらいで退くものかと、七五三野も目が乾くほどに相手を睨《にら》みつけてやる。

火花を散らす七五三野たちを無視し、芽吹は紀宵に渡されたたすきをかけると「さあさあ、そろそろ始めますよー」とにこやかに手を叩いた。

「今日は、振り込め詐欺に詳しい弁護士さんがお話をしてくださいます。よーく聞いてくださいね。自分だけは大丈夫と思っている人に限って、騙《だま》されちゃったりするものです。私もね、詐欺師はともかく、可愛い女の子には騙されやすくて」

芽吹の前説にお年寄りたちが笑い、場が一気に和《なご》んだ。

七五三野と兵頭の間にはさゆりさんが入り込み、咳払いをひとつする。このご婦人に逆らえないのは兵頭も同じようだ。互いにフンと鼻を鳴らし顔を背ける。

さあ、講演が始まる。ヤクザの相手をしている場合ではない。

七五三野はネクタイのノットを締め直し、内ポケットから小冊子を取り出した。

ずらりと並んだパイプ椅子に、おじいちゃんおばあちゃんたちが居並んでいる。配られた小冊子を熱心に読んでいる人もいれば、子供や孫の話を嬉しそうにしている人、逆に愚痴を零している人もいる。どこにでもいる、ありきたりの人々だ。

とりわけ金持ちでもなければ、権力があるわけでもない。ただ、離れて暮らす家族のことを心配しながら静かな暮らしを送っている平凡な人たち。

彼らを騙そうとする者がいる限り、七五三野は法廷という場で闘い続ける。

「では、お願いします。弁護士の七五三野登喜男先生です」

芽吹が笑顔で紹介してくれた。

拍手の中、七五三野は静かに一礼し、顔を上げる。

兵頭が事務所の隅で、芽吹をじっと見つめているのがわかった。

POSTSCRIPT

YUURI EDA

みなさまこんにちは、榎田尤利《えだゆうり》です。

気持ちのいい初夏の日、カフェでこのあとがきを書いております。ふだんはもっぱら自宅でPCと向き合っているので、ちょっと新鮮な感じ。お供はデカフェとドーナツです。たまにはこんなのもいいですね。

さて、交渉人シリーズ三作目は『交渉人は振り返る』というタイトルになりました。文字通り、芽吹の過去に関連する物語なのですが、お楽しみいただけましたでしょうか。

毎回いろいろと大変な芽吹ですが、今回もやっぱり大変です。身体張るにもほどがあるだろうと、書いている私も思います。芽吹という人は、実はあれこれと無理をして生きているタイプなのかもしれません。

自然体でいたいのに、それがなかなか難しいというか……反して兵頭は、組織の中で生きているわりに自然体な感じがしますね。愛情表現もわりとストレートだし（笑）。

シリーズを書き続けていると、次第にキャラクターのさまざまな面が見えてきます。必ずしも当初の設定通りに動くわけではないあたりが、小説を書く面白さでもあります。そういう意味でキャラクターたちはまさしく生き物であり、彼らを生かせてくれているのは、作品を読んでくださるみなさまです。私は読んでくれる人がいないと、モチベーションが維持できにくいヘタレなので（笑）、いつもみなさまの存在に支えられています。本当にありがとうございます。

今回も奈良千春先生から、躍動感溢れるイラストをいただきました！　ご堪能くださいね。また、担当氏をはじめ、本著の刊行には多くの方にご尽力いただいております。みなさまがたに心より御礼申し上げます。

交渉人シリーズはこのあとも続く予定です。引き続き、芽吹のオヤジギャグにおつきあいいただければ嬉しいです。

それではまた次作でお会いできますように。みなさまどうぞお元気で！

２００９年　つつじのピンクも鮮やかな頃

榎田尤利　拝

SHY NOVELS

交渉人は振り返る

SHY NOVELS230

榎田尤利 著

YUURI EDA

ファンレターの宛先

〒101-0065 東京都千代田区西神田3-3-9大洋ビル3F
(株)大洋図書 SHY NOVELS編集部
「榎田尤利先生」「奈良千春先生」係

皆様のお便りをお待ちしております。

初版第一刷2009年6月3日

発行者 山田章博
発行所 株式会社大洋図書
〒101-0065 東京都千代田区西神田3-3-9大洋ビル
電話 03-3263-2424(代表)
〒101-0065 東京都千代田区西神田3-3-9大洋ビル3F
電話 03-3556-1352(編集)
イラスト 奈良千春
デザイン Plumage Design Office
カラー印刷 小宮山印刷株式会社
本文印刷 株式会社暁印刷
製本 株式会社暁印刷

ISBN978-4-8130-1198-9

SHY NOVELS
好評発売中

秘書とシュレディンガーの猫

シュレディンガーを正しく指摘したひとりに全財産を相続させる——　亡き祖父の遺言を聞くため古い屋敷を訪ねた舘を待っていたのは、風変わりな猫探しの遺言と初めて会う従兄弟、それに祖父の美しい個人秘書、雨宮だった。金と権力を信じる舘は、遺言の内容にうんざりしながらも屋敷に滞在することを決める。一方、雨宮は初めて会ったときから、舘のことが嫌いだった。それなのに、舘の挑発に乗ってしまい……!?　甘くほろ苦い大人の恋!!

堅物の秘書さんに、
俺が人生の楽しみを教えてやる

榎田尤利

画・志水ゆき

原稿募集

ボーイズラブをテーマにした
オリジナリティのある
小説を募集しています。

【応募資格】
・商業誌未発表の作品を募集しております。
（同人誌不可）

【応募原稿枚数】
・43文字×16行の縦書き原稿150—200枚
（ワープロ原稿可。鉛筆書き不可）

【応募要項】
・応募原稿の一枚目に住所、氏名、年齢、電話番号、ペンネーム、略歴を添付して下さい。それとは別に400-800字以内であらすじを添付下さい。
・原稿は右端をとめ、通し番号を入れて下さい。
・優れた作品は、当社よりノベルスとして発行致します。その際、当社規定の印税をお支払い致します。
・応募原稿は返却いたしません。必要な方はコピーをおとりの上、ご応募下さい。
・採用させていただく方にのみ、原稿到着後3ヶ月以内にご連絡致します。また、応募いただきました原稿について、お電話でのお問い合わせは受け付けておりませんので、あらかじめご了承下さい。

【送り先】

〒101-0065
東京都千代田区西神田
3-3-9 大洋ビル3F
(株)大洋図書
SHYノベルス原稿募集係